生徒会の五彩

やあ、生徒会顧問の
真儀瑠紗鳥だ
ハッタリを使
わせたら
右に
出る
者は
いない
私が、今回
「生徒会の
一存」の効果的
なプロモーション
を考えるぞ。
まず、当然のように
「涼宮ハ○ヒ」に
のっかる! さらに
「らき☆○た」の尻馬
に乗る! ……可能なら
ば「ガン○ム」とも
そし
参戦
だ。
圧倒
に
持つものこそ、世を制する
のだ。覚えておけ、諸君!

神生徒
桜野くりむ

体力∞
攻撃力∞
スピード∞
特殊能力《絶対神》
人類の力は一切及ばず

もきゅもきゅ？

生徒会の五彩

碧陽学園生徒会議事録5

葵せきな

ファンタジア文庫

1532

口絵・本文イラスト　狗神煌

生徒会の五彩
碧陽学園生徒会議事録 5

【隠蔽《いんぺい》されたプロローグ】

「利益《りえき》のために他者を蹴落《けお》とすのは、生物として当然の行動だろう」

　枯野恭一郎《かれのきょういちろう》がまるで無機質《むきしつ》に、普通《ふつう》の大人は絶対子供《ぜったいこども》に言わない概念《がいねん》を説いていた。

　深夜。薄暗《うすぐら》く不気味な体育館のステージの上に、二人。幕《まく》は下《お》りきっており、そうして閉鎖《へいさ》されたこの空間は、生徒会室よりも窮屈《きゅうくつ》に感じる。

　幕を下ろしきったステージはしっかりと防音《ぼうおん》され、こうした密談《みつだん》に持ってこいなのは事実だが、息苦しさも酷《ひど》いものだ。

　文化祭の準備《じゅんび》のためか、袖《そで》にはごちゃごちゃと演劇《えんげき》の小物やらバンドが使う楽器が散乱《さんらん》している。それでもステージ上だけは、まっさら。まるでここが穢《けが》れを寄《よ》せ付けない聖域《せいいき》のようでさえあった。

　広い空間だからこそより強調される闇《やみ》と、圧倒《あっとう》的な静寂《せいじゃく》。ステージ上に設置《せっち》されたぼんやりとした暖色《だんしょく》のライトのみが、さながら夕暮《ゆうぐ》れのように俺《おれ》達を照らしている。

俺は、彼の言葉に何も返さず……ただじっと、黙《だま》り込《こ》んでいた。

対して、枯野は上機嫌《じょうきげん》だ。

そりゃそうだ。

文化祭前日の今日。俺……杉崎鍵《すぎさきけん》という問題児が退学《たいがく》するのだから。


……この、ここ半年の俺の物語のクライマックスたる場面にて。ふと、俺はこれまでのことを思い出していた。死の間際《まぎわ》の走馬灯《そうまとう》、というのは言いすぎだが。重大な局面を前にすると、やはり、色々考えてしまう。

企業《きぎょう》やら枯野やらのことなんて、正直どうでもいい。考えたくもない。

碧陽《へきよう》学園のこと。友達のこと。女の子のこと。……生徒会のこと。

楽しかった。不貞腐《ふてくさ》れていたり、必死に足掻《あが》いていた去年一年も充実《じゅうじつ》していたけど。生徒会に入ってのこの半年は、自分で思い返してもびっくりするぐらい、満ち足りていた。

俺が本当に死の危機《きき》に瀕《ひん》しても、この思い出さえあれば、どんなに惨《むご》い状況《じょうきょう》でだって、笑顔《えがお》で息を引き取る自信がある。

何気ない日常《にちじょう》にこそ価値《かち》がある、なんて、今でもそこまでは思わない。俺が家でエロゲ中にうとうとして、飲み物を思いっきりPC本体に向かってこぼし、なんだか画面が大変なことになった時のてんやわんやみたいな日常にまで価値があるとは、到底《とうてい》思えない。

だけど。

この学園で過《す》ごしたここ半年には、確実《かくじつ》に、なにものにも代えがたい価値があった。

記憶《きおく》を売ったり買ったり出来るシステムがあったとして。しかし俺は、この記憶だけは、どれだけ積まれても売らない自信がある。たとえ、餓死《がし》寸前《すんぜん》の状況でだって。生きるためにはもう、それを売るしかなくたって、俺は、この思い出だけは、手放さない。

この半年は、俺の、命、そのものだ。

だからこそ。

俺は。

枯野恭一郎の目を、睨《にら》みつける。

そして……長い沈黙《ちんもく》の末に、声を、絞《しぼ》り出し——嗤《わら》う。

「利益のために他者を蹴落とすのは、当然だな」

俺は、大事なものを、捨《す》てた。

【第一話～キャラ付けする生徒会～】

「個性《こせい》を磨《みが》くことこそが、成功への近道なのよ！」

会長がいつものように小さな胸《むね》を張《は》ってなにかの本の受け売りを偉《えら》そうに語っていた。

俺は番茶をすすりながらそれを聞き流す。……さて。秋も深まり、すっかりホットが美《う》味《ま》い時期になりましたなぁ。性欲《せいよく》の権化《ごんげ》たるこの俺……エロゲマスター杉崎鍵《すぎさきけん》をもってしても、この時期ばかりはホコホコとしてしまうてえもんですよ。……読者がこれをいつ読むかなんてことも、どうでも良くなってしまうぐらいには。

となれば、当然俺だけではなく、今日はみんながまったりとお茶をすすっているわけで。

「ふぅ……真冬《まふゆ》、やっぱり寒い季節の方が落ち着きます～」

普段《ふだん》は過激《かげき》なBL妄想《もうそう》ばかりしている真冬ちゃんも、今日はほっこりとしていた。やっぱり色白で儚《はかな》くも全体的に「柔《やわ》らかい」雰囲気《ふんいき》を持つ真冬ちゃんには、こういう表情《ひょうじょう》がよく似合《にあ》う。

「冷えた体に、番茶が染《し》み渡《わた》るぜ……」

真冬ちゃんの姉で、スポーツ大好きのツインテール少女・深夏《みなつ》でさえ、今は湯呑《ゆの》みを両手で持って「はふぅ」と息を漏《も》らしている。

「なんだか優《やさ》しい気持ちになるわよね……秋は」

遂《つい》にはドSで破滅《はめつ》思考なクールビューティ、知弦《ちづる》さんまでほんわかとする始末。

しかし……。

「……ちっ、がぁ————————う！」

ただ一人この状況《じょうきょう》が気に入らなかったらしいロリ会長桜野《さくらの》くりむは、卓袱台返《ちゃぶだいがえ》しをするような仕草（実際《じっさい》に返す度胸《どきょう》は無い）をしながら、俺達に活を入れてきた。

俺はもう一口番茶をすすった後、ゆっくりと会長に対応《たいおう》する。

「なにが違《ちが》うというんです？」

「なにが、じゃないわよ！　なによこれ！　なんなのこの活気の無い生徒会！」

「いつも通りじゃないですか。会長だって、お菓子《かし》食べてまったりしちゃっていること、よくあるでしょう」

「そ、そうだけど！　でも、なんかこれはちょっと違うよ！　枯《か》れてるよっ！　怠《なま》けているというより、もう、なんか枯れてるよっ！」

「失礼な。俺はいつだって性欲バリバリですよ。……ずず。はふぅ」

「は、覇気《はき》が無いよ、杉崎！　なんか、いつものギラギラしたエロキャラ性が、薄《うす》れているよ！」

「そんなこと無いですよー。知弦さんの胸揉《も》みたいー」

俺がそんなことを言うと、目の前の知弦さんが「あら」と俺を見た。

「ちょっとぐらいならいいわよ、キー君」

「やったぁ。よいしょ……。……うぅ、手が届《とど》かないんで、今日はいいです」

「あらそう。うふふ」

「えへへ」

「うふふ」

「ぬっ、るぅ――――――――――――――い！」

なんか会長が絶叫《ぜっきょう》していた。

「な、なんなのよ、この状況！　杉崎も、知弦も、温《ぬる》すぎるよ！　いつも以上に『あったかい生徒会モード』すぎるよ！」

「あらアカちゃん。平和なのは、なによりじゃない。ひ○まりスケッチやA○IAの空気を目指しましょうよ」

「知弦、どうしちゃったのよ！　らしくないよ！　知弦のキャラじゃないよ、そんなの！」

「世界がいつまでも平和でありますように」

「ええっ⁉」

会長がショックを受けて椅子《いす》にぐったりと座《すわ》り込《こ》んでしまっていた。確《たし》かに、知弦さんらしくないセリフだが……。……うん、今はそんなことより、茶が美味い。はぁ。落ち着くなぁ。

隣《となり》では、椎名《しいな》姉妹もまったりしていた。

「あたしも、今日は帰ったらお風呂《ふろ》にゆっくり入って、夜はベッドで読書でもしようかな……」

「いいねー、お姉ちゃん。真冬も……今日はあんまりゲームや執筆《しっぴつ》しないで、お菓子食べながら、クラシック音楽に身を委《ゆだ》ねちゃうよ」

「あはは」

「うふふ」

「…………」

会長が、二人のやりとりを横目で見てげんなりしていた。

「こんなんじゃ……駄目《だめ》だわ」

会長がぶつぶつと何か呟《つぶや》いている。そうして、しばし独《ひと》り言を呟き続けた後……唐突《とうとつ》に、思いっきり立ち上がる！

「今こそ私達は、もっと濃《こ》いキャラクター性を身に纏《まと》う必要があるわ！」

「キャラクター性？」

俺の質問《しつもん》に、会長は「そうよっ！」と自信満々に振《ふ》り返る。

「例えば今、杉崎から性欲を取ったら、何も残らないでしょう」

「なにその酷《ひど》い言われよう」

「同じように、真冬ちゃんから妄想癖《もうそうへき》が、深夏から熱血が、知弦からドS精神《せいしん》が抜《ぬ》けてしまっている今、私達はそれぞれ、新たなキャラを模索《もさく》する必要があるのよ！」

「なるほど。だから、いくらまったりしても、会長から『ロリ』という要素《ようそ》は抜けようがなく、会長だけは通常《つうじょう》通り元気だったわけですか」

「そ、そんな分析《ぶんせき》はどうでもいいのっ！　とにかく、皆《みんな》は新しいキャラを身につけるべきよっ！」

「防具《ぼうぐ》は装備《そうび》しないと意味がないですよ〜」

真冬ちゃんが、急にぼんやりとそんなことを呟いてきた。……あまりに魂《たましい》が抜けすぎて、RPGの村人になってしまっている……。確かに、あそこまで個性《こせい》が薄くなるとまずいかもしれない。

仕方ないので、俺も会長に協力してあげることにした。

「でも、キャラなんて、一朝一夕《いっちょういっせき》で身につくようなものじゃないんじゃ……」

「そんなことないわよ。例えば、語尾《ごび》に何かつけるだけでも一気にキャラが濃くなることは、有名な大学教授《きょうじゅ》によって立証済《りっしょうず》みだよ！」

「その教授が誰《だれ》か気になりますが、それは置いておいて。語尾に何か……ですか？」

「そう！　杉崎なら……『ゲス』あたりが似合《にあ》うかな」

「なんかいちいち酷いでゲス」

「おおっ！　想像《そうぞう》以上にフィットしてるわよ、杉崎！」

「全然嬉《うれ》しくないでゲス。なんか俺、すっげー髭《ひげ》生えて、でっぷり太ったキャラになった気がするでゲス」

「うんうん、聞けば聞くほど、杉崎の矮小《わいしょう》さが文面に出ていいわね」

「じゃあ会長の語尾には、『にょ』あたりを使うでゲス」

「それは先駆者《せんくしゃ》が偉大《いだい》すぎるから駄目よ」

「となると、新しい萌《も》え語尾を考える必要があるというわけか……。……あ、ゲス」

「ゲス、意外と気に入っているよね。それで、私は何を語尾につけたらいいの？」

「そうでゲスね……。斬新《ざんしん》さを考えると……少しのボーイッシュさも孕《はら》ませつつ、『ごわす』とかいいんじゃないでゲスか」

「杉崎の感性はよく分からないでごわす！」

「おおっ！　なんか微妙《びみょう》にハートを打ち抜かれるでゲス！　新しい萌えでゲス！」

「ゲスゲス言っている奴《やつ》に惚《ほ》れられたくないでごわす！」

「げ、ゲス〜」

「あ、そうだ、深夏どん！」

「あたし、初めて『どん』っていう敬称《けいしょう》で呼《よ》ばれたよ……」

深夏まで巻《ま》き込まれていた。

「深夏にも、何か語尾をプレゼントするでごわす！」

「プレゼントっていうか、無理矢理《むりやり》巻き込まれているだけの気がするけど」

「深夏には……そうだねぇ。『ざます』をプレゼントでごわす！」

「確実《かくじつ》に好感度下がる語尾だよなぁ！……ざ、ざます」

ああ、深夏が酷《ひど》いキャラに。ファンが一気に減《へ》っていきそうなキャラ変更《へんこう》だ。

「あたしの語尾、もっと他のがいいざます」

「言葉遣《づか》いが乱暴《らんぼう》なのか丁寧《ていねい》なのか分からないキャラでゲスな」

「勘弁《かんべん》してほしいでざます」

「元気出すでゲスよ」

「そうよ。深夏に高貴《こうき》さが加わったでごわす」

「うぅ、ざます」

「……なんですかこのシュールな会話風景」

真冬ちゃんが引きつった表情《ひょうじょう》で俺《おれ》達を見守っていた。……こうなったら、真冬ちゃんもこっちの地獄《じごく》に引きずりこんでやる。

「真冬ちゃん。自分だけ安全な位置にいようだなんて、そうはいかないでゲスよ」

「ゲスゲス言っている人がそんなセリフ言うと、本格的《ほんかく》に悪人ですね！」

「くっくっく……汚《よご》してやるでゲスよ……」

「先輩《せんぱい》、凄《すご》い小悪党です！　そんな主人公、見たことないです！」

「そんなわけで、真冬ちゃんには……『逆に《ぎゃく》』を進呈《しんてい》でゲス」

「な、なんですか、そのちょっと性質《せいしつ》が違《ちが》う語尾は。いやですよ！……逆に」

「普通《ふつう》に考えたらいい語尾だったという感じでゲスな」

「うっ！　しゃ、喋《しゃべ》り辛《づら》いです、これ！　逆に！」

「いちいちニュアンスが変わるでゲスな」

「う、うわぁーん！　逆に！」

「ああ、うちの妹が微妙《びみょう》なキャラになってしまったざます……」

なんかどんどん会話が混沌《こんとん》としてきた。まあ、誰が喋っているかは一目瞭然《いちもくりょうぜん》になったけど。それを差し引いても余《あま》りあるデメリット。酷い。

しかし、こうなった以上、いつまでも一人だけ逃《のが》れ続けられるはずもない。

会長が、悪戯《いたずら》な笑《え》みを浮《う》かべる。

「ふふふ……知弦どん。貴女《あなた》にも、語尾を授《さず》けてあげるでごわす！」

「ああ……やっぱり来るのね、私にも」

知弦さんは既《すで》にこの事態《じたい》を予期していたのか、あまり驚《おどろ》いた様子も無く受け容《い》れていた。

会長は、たっぷり思考をめぐらし……そして、にやけ顔で口を開く。

「知弦には、あえて可愛《かわい》らしい『もきゅ』をあげるでごわす！」

「……見事に、私に似合《にあ》わない言葉もきゅ」

な、なんだこれ。知弦さんが「もきゅ」なんて……。

「か、可愛いすぎるでゲス！」

「はい！　いい感じですよ、紅葉《あかば》先輩！　逆に！」

真冬ちゃんが、初めて「逆に」を使いこなしていた。

知弦さんが「うふふ」と微笑《ほほえ》む。

「私自身は別に、どんな語尾《ごび》でもいいもきゅよ」

「うぅ……あたしのと違って、明らかに好感度アップしてるざます」

確《たし》かに、深夏のはどう足掻《あが》こうが可愛くはなりそうもなかった。

会長が「さてっ！」と仕切る。

「それぞれの語尾も決まったところで、キャラ付け会議を進行するでごわす！」

「いちいち男らしいでゲスね、会長」

「なにげに鍵のキャラが一番酷い気がするざます」

「真冬、今日の会議はあまり発言したくないです。……ぎゃ、逆に」

「私は気に入っているもきゅよ、この語尾」

なんか、知弦さんしかしっくり来ている人がいないようだが……まあいいや。また変更したところで、余計《よけい》にドッボにはまるだけだし。

会長が、次なるテーマを打ち出す。

「次は、容姿《ようし》でごわす！　特にイラストが重要なライトノベルのギャラは、外見でかなり人気が左右されるでごわすよ！」

「外見……でゲスか。でもそれも、すぐに変えられるものじゃ……」

「確かに、根本的なことは簡単《かんたん》に変えられないでごわすね」

「ええ。それは、毎日けなげに牛乳《ぎゅうにゅう》を飲み続けている会長自身が証明《しょうめい》しているでゲス」

「余計なことは言わなくていいでごわす！　と、とにかく、体を変えられないのなら、ファッションを変えるでごわすよ！　服とか髪型《かみがた》とかトレードマークとか」

「なるほど。マ○オと言えばヒゲみたいなことですね」

「そういうことよ。じゃあ、とりあえず杉崎は……」

会長がそこまで言ったところで、唐突《とうとつ》に深夏が挙手してきた。当てられもしてないのに、発言する深夏。

「ツンツン頭がいいと思うざます！」

——と、いうわけで。三分後。

「……オッス、オラ杉崎！　今日も強いヤツと戦うでゲス！」

「す、すげぇ。キャラ統制《とうせい》が一切《いっさい》とれてねぇ、勘違《かんちが》い男の誕生《たんじょう》だ……ざます」

「口調は小物なのに、容姿と態度《たいど》だけは強そうでごわす」

「……もう、お婿《むこ》にいけないでゲス」

俺は、ツンツン頭のままましく泣いた。これは、あんまりな精神的陵辱《せいしんてきりょうじょく》だ。

俺が落ち込《こ》んでいる間にも、会議は進行していく。

「じゃあ、深夏の外見はおいどんが決めるでごわす」

「お、お手柔《てやわ》らかに頼《たの》むざます」

「そうね……よし、この演劇部《えんげきぶ》から借りた可愛らしいオモチャの王冠《おうかん》をちょこんと……」

そうして、深夏のキャラクターが完成する。

「……おほほ。水が無ければ、ワインを飲めばいいざます」

「お、おお……素《す》の椎名深夏というキャラクターが、完膚《かんぷ》無《な》きまでにこの世から消えた気がするでごわす」

「こんなヒロインはちょっと攻略《こうりゃく》したくないでゲス」

「ち、ちくしょ――――……ざます！」

深夏もまた、しくしくと泣いていた。……今更《いまさら》だがこの企画《きかく》、実は結構残酷《けっこうざんこく》なことやっているんじゃなかろうか。ある意味洗脳《せんのう》行動だ。

しかし、ここまで来てしまったからにはもう止《や》められない。

やられてばかりなのも癪《しゃく》なので、俺は、また真冬ちゃんを引きずり込むことにした。

「へへへ……オラ、真冬ちゃんのキャラ変更《へんこう》を想像《そうぞう》すると、わくわくするでゲス！」

「く、先輩《せんぱい》、なんで真冬ばっかり巻《ま》き込むんですか！　逆《ぎゃく》に！」

「いいじゃないでゲスか、お互《たが》い好き同士なんでゲスから」

「……真冬、この先輩のどこに惚《ほ》れたのか、全く分からなくなってきました。逆に」

確かに、俺も分からない。似合わないツンツン頭でゲスゲス言っている男のどこに、惚れる部分があるというのか。……が、今はそんなことはどうでもいい。

「じゃあ、真冬ちゃんには……あえて、ガングロメイクと、この『一世代前のギャルコスプレ』で、こってこての都会の女子高生（イメージ）をやってもらおう！」

「く、最悪です！　逆に！」

そう言いつつも、なぜか言われたらやらなきゃいけない空気になっている今日の流れ。

俺が外に出ている間に生徒会室で着替《きか》えて貰《もら》うことにして、三分後。入室した俺の目に入ってきたのは……。

「ま、真冬ぅ、すっげイケイケって感じだしぃ。生徒会とかチョーダリィっていうかぁ。先輩とかマジうぜぇしぃ。逆にぃ」

最早《もはや》真冬ちゃんの面影《おもかげ》も無い、イケイケ女子高生だった！

「古い！　もはや化石として扱《あつか》われそうなほど、古い若者像《わかものぞう》でゲスな！　しかし、それが、逆にいい！」

「確《たし》かに、新鮮《しんせん》さは凄《すご》いでごわす」

「その照れ混《ま》じりな口調も、かなり可愛《かわい》いもきゅね」

「ああ、うちの妹が非行《ひこう》に走ってしまったざます……」

「……うぅ、き、気分はちょべりば、ですぅ。逆にぃ」

真冬ちゃんもまた泣いていた。……キャラ変更、恐《おそ》るべし。次々と人の心を折っていく。

これは、新たな拷問《ごうもん》方法として、諜報《ちょうほう》機関などに取り入れられていくのではなかろうか。

清純派《せいじゅんは》ガングロギャルが着席したところで、俺達の視線《しせん》は三年生両名に向く。不穏《ふおん》な気配を察知したらしい会長が、先手を打ってきた。

「つ、次は知弦の容姿を変えるでごわすよ！」

親友を差し出して、逃《に》げやがった。……まあいい。どうせ、いつかは会長もこうなる運命なのだ。

とりあえず、会長の提案《ていあん》通り、知弦さんの容姿《ようし》変更を考える。

「知弦さんの場合、どんな格好《かっこう》していても可笑《おか》しくない空気があるでゲスからね……」

「そうなのでごわす。意外性《せい》を狙《ねら》うのは、難《むずか》しいのでごわす」

「『もきゅ』も使いこなす器《うつわ》ざますしね」

「じゃあじゃあ、真冬が提案したいって感じぃ、ですぅ。逆にぃ！」

キャラに違和《いわ》感ありありの口調で真冬ちゃんが挙手する。知弦さんは、ふわりとそれに微笑《ほほえ》んだ。

「あら珍《めずら》しいもきゅね。いいもきゅよ。たまには、可愛い後輩のために一肌脱《ひとはだぬ》ぐもきゅ」

「ふっふっふ。その言葉……あ、えと、忘《わす》れるなって感じぃ。逆にぃ」

真冬ちゃんはもう自分の「ギャル」に関する語彙《ごい》は出尽《でつ》くしたとばかりの台詞《せりふ》を吐《は》いた後、手をわきわきさせながら知弦さんに迫《せま》っていった。

そうして——

「……もきゅ。もきゅきゅーきゅぅ」

「……萌《も》えの権化《ごんげ》の完成です。あ、逆に」

真冬ちゃんがぐっと汗《あせ》を拭《ぬぐ》い、ガングロメイクが少し落ちる。しかし俺達は、そんなものを指摘《してき》している余裕《よゆう》も無い。みんなの視線はただただ、知弦さんを……いや、この愛くるしい着ぐるみ生物を愛《め》でていた。

「な、なんて破壊力《はかいりょく》でゲスか……」

俺は、ごくりと生唾《なまつば》を飲み込む。知弦さんは今や、全身をモコモコとした羊のような生物の着ぐるみに覆《おお》われて、顔だけひょこっと出ている状態《じょうたい》だった。キャラを貫《つらぬ》くため、言葉は「もきゅ」以外を禁止《きんし》されている。……流石《さすが》の知弦さんもこれには照れているのか、頬《ほお》がほんのり赤く染《そ》まり、それがまた可愛さに拍車《はくしゃ》をかけていた。

「知弦がこんな格好をするっていうことが……もう、奇跡《きせき》でごわす」

会長までその愛らしさに心を奪《うば》われていた。そう、この格好は確かに誰《だれ》がやっても可愛いのだが、知弦さんがやることによって、一層《いっそう》レア感を出しているのだ。……普段《ふだん》冷静で、時に恐怖《きょうふ》さえ振《ふ》りまく存在《そんざい》たる知弦さんが……着ぐるみを着て、もきゅもきゅ言っている。

モコモコ
フワフワ

この状況《じょうきょう》で萌えない人間なんて、この世に存在するはずがない。

「ああ……思いっきり抱《だ》きしめてぇ……ざます」

深夏が、キャラさえ忘れてしまうほど知弦さんに魅了《みりょう》されていた。その気持ちは俺《おれ》にも痛《いた》いほどよく分かる。

耐《た》えきれず、深夏がふらふらと知弦さんに近づいていく。

「も、もきゅもきゅ？」

危険《きけん》を察知した知弦さんが、少し怯《おび》えるように引き下がるも……その仕種《しぐさ》が、むしろトリガーとなってしまった。あまりに可愛《かわい》すぎる。深夏は自制心《じせいしん》を失い、そして……思いっきり、知弦さんへと飛びかかった！　彼女らしく全身で知弦さんを愛でる！

「も、もふもふしてるぜぇー……じゃなくて、ざますぅー！」

「もきゅもきゅう！　も、もきゅもきゅきゅー！」

「ああっ、抗議《こうぎ》が余計《よけい》に可愛いざます！　むぎゅぅ」

「もきゅー……」

深夏の腕力《わんりょく》で、知弦さんがくるくる目を回しながら、俺の方に助けを求めてくる。

…………。

……いかん、鼻血噴《ふ》きそうだ。ごめん、知弦さん。直視《ちょくし》出来ない。

「もきゅ⁉　もきゅぅー、もきゅーぅ！」

知弦さんの悲鳴（？）を、断腸《だんちょう》の思いで無視する。ごめんなさい……知弦さん。俺今そっち向いたら、自制心なくして襲《おそ》います。確実《かくじつ》に犯罪《はんざい》に走ります。

俺が無視している間に、どうやら真冬ちゃんと会長まで知弦さんをもみくちゃにしていたようだ。落ち着いた頃《ころ》に振り向くと、知弦さんこと可愛らしい羊型新生物は、生徒会室の片隅《かたすみ》でもこもこと丸まって防御態勢《ぼうぎょたいせい》をとってしまっていた。……体力回復《かいふく》のため、冬眠《とうみん》しているようだ。やばい、その様子まで可愛い。

このまま生徒会全体が知弦さんの虜《とりこ》になっているのもまずい。俺は意識《いしき》を切り替《か》えるため、話題を会長の方にシフトさせることにした。

「さて、最後は、会長を改造《かいぞう》するでゲス」

「うっ。お、お手柔《てやわ》らかに頼《たの》むでごわす」

「そうでゲスね……。ここでロリィな格好《かっこう》をさせるのは、定番すぎなので、却下《きゃっか》でゲス」

「ちょっと安心でごわす」

「そんなわけで、会長には、これを着て貰《もら》うでゲス！」

俺は雑務《ざつむ》カバン（ある意味なんでも入っているカバン）から、自前の衣装《いしょう》を取り出す！

「こ、これはっ！　でごわす！」

会長の瞳《ひとみ》が、カッと見開かれた。

そして、数分後……。

「私がガン○ムでごわす」

会長はモビルスーツになっていた。段《だん》ボールで作られたガ○ダムの装甲《そうこう》を身につけて、顔だけが会長になっている。

俺は……会長のガンダ○発言に、笑顔《えがお》で返してあげた。

「絶対違《ぜったいちが》うでゲス」

「杉崎が着させたんじゃないっ！　でごわす！」

「ごわすごわす言う○ンダムが居《い》てたまるでゲスか」

「あんたって人はぁー！　でごわす！」

「まあまあくりむっち〜。真冬的にはぁ、ちょーかわいいと思うっていうかぁ。逆《ぎゃく》にぃ」

「逆にだったらいやでごわす！」

「ゴワスガ○ダム……いや、五倭守頑駄無《ごわすがんだむ》という名前でいいざますか？」

「いやだよ！　キャラ変更《へんこう》というか、人でさえなくなっちゃったでごわすよ、私！」

「もきゅ、もきゅきゅきゅっ！」

「なに言っているか分からないけど、なんか褒《ほ》められている気がするでごわす！」

「大好評《だいこうひょう》でゲスね、会長」

「うぅ……こうなったら、こんな歪《ゆが》んだ生徒会には武力介入《ぶりょくかいにゅう》を開始するでごわす」

「五倭守頑駄無、ザ〇より弱いでゲスけどね」

「量産型に劣《おと》るんでごわす⁉」

「量産型を舐《な》めちゃいけません。量産型は、ダテじゃないんでゲス」

「ガン〇ムの方がダテじゃないでごわすよっ！」

「五倭守頑駄無は、『ごわすボイス機能《きのう》』を搭載《とうさい》するために、他の全武装《ぶそう》を排除《はいじょ》したゲスからね……」

「なんのために開発されたんでごわすか、この機体！」

「和《なご》ませるためでゲス」

「最早《もはや》兵器でさえないんでごわすかっ！」

「その身をもって『争いなんて無益《むえき》なこと』という教えを説く、ある意味素晴《すば》らしい機体でゲスよ」

「そ、そうでごわすか……」

会長はどこか不満そうにしながらも、渋々《しぶしぶ》引き下がった。……俺達生徒会メンバーは、全員、笑いを噛《か》み殺していたけど。それは、悟《さと》らせないようにする。

会長……もとい五倭守頑駄無が、会議を仕切り直す。

「口調、容姿《ようし》が変わった今……残るキャラ変更は、『関係性《かんけいせい》』でごわす」

「関係性？　えと、とりあえず、俺と会長が結ばれればいいんじゃないでゲスか」

「いやよ！　絶対！」

キャラ付け忘《わす》れるほどイヤらしい。ちょっと凹《へこ》む。

「こほん。とにかく、おいどん達の関係性が変わると、物語にも変化が起こるのでごわす」

「だから、俺と付き合うのが一番分かりやすいでゲスよ」

「杉崎。譲《ゆず》れない一線というものは、あるのでごわすよ」

断固《だんこ》として拒否《きよひ》されていた。

「とにかく、関係が変われればキャラも変わる！　例えば……知弦がおいどんの同級生ではなく、ペットになるでごわす」

「もきゅっ⁉」

生徒会室の隅《すみ》で丸まっていた知弦さんに対して、会長はのしのしと迫《せま》り、そして、あくどい笑みを浮《う》かべながら手を差し伸《の》べる。

「お手」

「もきゅ⁉」

酷《ひど》い関係性が提案《ていあん》されていた。なんだこれ。知弦さん、中学時代以上のいじめに今遭遇《そうぐう》しているんじゃないだろうか。

「お手でごわすよ、知弦」

「も……もきゅぅ～……」

しょぼんとした知弦さんが、肉球のついた手をぽんと会長の手に載《の》せる。……まずい。なんかそそる。知弦さんが受け身なの、異様《いよう》にそそる。会長も、俺と同様の快感《かいかん》を得たようだ。

「……い、いいわぁ」

「ごわす忘れるほど気持ちいいみたいでゲスね。わかります」

「こ、こほん！　このように、関係性が変われば、キャラ位置も変わって、面白《おもしろ》いわけでごわすよ」

会長のごまかし気味の解説《かいせつ》に、しかし深夏が「なるほど！」と反応《はんのう》する。

「じゃああたしは、真冬の妹になるざます！」

「ええっ⁉　あ、ありえないって感じぃ。逆にぃ」

「姉貴《あねき》っ！　パン買ってきたざます！」

「真冬っ、なんかすごく悪い姉みたいっ！　……あ、って感じぃ。逆にぃ」

「姉貴……あたし、姉貴が更生してくれるって、信じてるざますよ」

「なんか真冬、元上流階級なのにグレて落ちぶれちゃったみたいっていうかぁ。逆にぃ」

「姉貴のためならなんでもするのが、妹っていうものざますよね」

「……なんか、普段《ふだん》の真冬を遠回しに攻《せ》めている気がしまくりんぐ。逆に」

真冬ちゃんの若者《わかもの》言葉があっさり底をついていた。

「でも、そういうことなら……。……み、深夏！」

「なんざます、姉貴」

「真冬は、肩《かた》がこりまくりでちょべりばですぅ。逆にぃ」

「分かったざます、姉貴っ」

深夏が、真冬ちゃんの背後《はいご》に回って彼女の肩をもみ始める。……王冠《おうかん》頭に載せたざます言葉の女が、ガングロギャルをマッサージしていた。凄《すご》いシュールな光景だ。

「ああ、ちょー気持ちいい。逆に」

「姉貴が喜んでくれて、なによりざます」

「ほら、深夏。口を動かす暇《ひま》あったら、手を動かせっていうかぁ。逆にぃ」

「……あ、ああ」

あ。深夏の額《ひたい》にピキッと血管が。……俺、知ーらないっと。この即興《そっきょう》コント設定《せってい》とけた後のこと、知ーらないっと。

そんな状況《じょうきょう》とも知らずご満悦《まんえつ》中の真冬ちゃんを尻目《しりめ》に、俺はまだ知弦さんをいじめている会長の方を向く。……こっちはこっちで、この設定終わった後が怖《こわ》いなぁ。

「会長、会長。俺と生徒会メンバーの関係性も、変更《へんこう》しようでゲスよ」

「ん？　んー、そうでごわすねぇ」

どこからか持ち出したねこじゃらしで知弦さんをからかいつつ会長が考える。

「じゃあ、とりあえず杉崎は、私の…………何年も会ってない……」

「お、遠距離《えんきょり》恋愛《れんあい》の彼氏とか――」

「はとこ」

「はとこ⁉」

キャラを忘れるぐらい衝撃《しょうげき》的な関係性だった。なんだその究極的に微妙《びみょう》なライン！　会長が、早速《さっそく》対応《たいおう》を変えてくる。

「あ、杉崎さん。えと、お久《ひさ》しぶりです」

「は、はぁ。お久しぶりでゲス」

「今日はいい天気ですね」

「そうでゲスね」

「…………」

途切《とぎ》れる会話。いたたまれない沈黙《ちんもく》。

「……あ、じゃ、私はこれで」

「リアルでゲスよ！　なにこの微妙《びみょう》な距離《きより》感！　ごわすも出ないぐらい構《かま》えられている
し！　すっごいいやでゲス！」

「……あはは、杉崎さん、面白ーい。…………。…………」

「なんかすっごい気遣《きづか》われてるでゲスよねぇ！」

「あ、自分の家だと思ってくつろいで下さいね」

「すっごい表面上の会話っ！」

「…………。……早く来ないかな、いとこのお姉ちゃん」

「基本的《きほん》に俺に気許《ゆる》してないでゲスよねぇ！」

「…………。……あ、はい、もしもし。あ、その件《けん》はですね……」

「ちょ、会長!?　何処《どこ》に行くんでゲスかっ！　電話、かかってきてなかったでしょう！

完全に、席を外すための小芝居《こしばい》でしょう！」

会長が小芝居を続けたまま、知弦さん（ペット）と共に、生徒会室の反対側へと離《はな》れていく。……く、これは俺みたいな男にとって、地獄《じごく》のような距離感！　なんていやな関係《かんけい》性《せい》だっ、はとこ！

「さて、と」

全《すべ》てのキャラ変更を終え、会長は一旦《いったん》席に着く。皆《みな》もまた、無言で着席。

「………………」

沈黙が場を支配《しはい》する。

会長は顔の前で手を組み、たっぷりと間を置いた後……重苦しい空気の中、ぽつりと、呟《つぶや》く。

「飽《あ》きた、疲《つか》れた、喉《のど》かわいた」

『うん』

全員、一斉《いっせい》に頷《うなず》く。

と、いうわけで。

「私達は、そのままで充分魅力的《じゅうぶんみりょく》なのよ！」

パクリ名言変更！　そして……。

「杉崎、お茶。全員分」

「はいはい」

全員分の番茶を淹《い》れ、その間に容姿《ようし》も元に戻《もど》し、茶を前に全員で着席。

『ふぅ～』

皆でまったりとくつろぐ。

「キャラは薄《うす》いけど、幸せは一杯《いっぱい》♪」

会長が、満足そうにお茶をすすりつつ、煎餅《せんべい》を頬張《ほおば》る。

俺達もそれに倣《なら》い、ただただ無意味な雑談《ざつだん》を交《か》わしつつ、ゆったりとした時間を堪能《たんのう》する。

キャラを作るっていうのは……結局のところ、形こそ違《ちが》えど、仮面《かめん》をかぶるっていうことだったのかもしれない。最後に会長が俺との新しい関係性として提案《ていあん》した、「はとこ」の設定でのやりとり。偶然《ぐうぜん》だろうけど、結局はあそこに全部集約されている。素《す》の自分を隠《かく》して人と接《せっ》するのは、気を遣うし、疲れるし、結局つまらない。

自分を作ることは必要だ。誰《だれ》とでも本音だけで喋《しゃべ》っていたら、色んなものを傷《きず》つけてしまうこともある。だけど……。

「あー、お茶美味《おい》しいねー、杉崎」

「……そうッスね。美味しいですね、会長」

「うん」

「ははっ」

せめて、この生徒会室でぐらい。俺は、俺のままで居たいから。飾《かざ》らない、俺のままで在《あ》りたいから。だから……。

「会長、会長。お茶淹れたお礼に、ちゅーして下さい、ちゅー！」

「……やっぱ会長命令。杉崎だけは、キャラ変更《へんこう》。容姿は七三分けで性格《せいかく》は真面目《まじめ》一直線」

「ええっ⁉」

本来の自分、全否定《ひてい》されてしまいました。

【第二話～稼《かせ》ぐ生徒会～】

「お金は天下の回りものなのよ！」

会長がいつものように小さな胸《むね》を張ってなにかの本の受け売りを偉《えら》そうに語っていた。

だが、別に今回は何か目的があっての発言でもないようだ。そこから続けざまに議題を提示《ていじ》したりすることもなかった。

とりあえず俺はその名言を受けて、ふと気になったことを訊《たず》ねてみる。

「そういえば、生徒会メンバーの財布《さいふ》事情《じじょう》って、俺、あんまり把《は》握《あく》してないかも」

「別に、杉崎《すぎさき》が把握する必要ないじゃない」

名言を言い終えた会長が着席しながら言う。

「何を言うんですか。ここに居《い》る全員、俺の嫁《よめ》ですよ？　となれば、共有財産《ざいさん》じゃないですか。財布事情、関係ありまくりじゃないですか」

「夫として？」

「当然です」

「じゃ、杉崎。お小遣《こづか》い、ちょーだい」

会長が笑顔《えがお》で手をこちらに向けてくる。俺はその手を、心を鬼《おに》にして、ぺちんと叩《たた》いた。

「いたっ！　でぃ、ＤＶだー！」

「違います。しつけです。貞淑《ていしゅく》な妻《つま》は、みだりに金銭《きんせん》を要求したりしないのです」

「……かいしょーなし」

ぐさり。俺の胸に鋭《するど》い矢が突《つ》き刺《さ》さる。会長に便乗して知弦《ちづる》さんや椎名《しいな》姉妹までニヤニヤしながら「かいしょーなし」「かいしょーなし」「かいしょーなし」と連呼《れんこ》するため、俺の心は最早致命傷《もはやちめいしょう》を負っていたが、最後の力を振《ふ》り絞《しぼ》り、「ええいっ！」と甲斐性《かいしょう》なしコールを遮《さえぎ》る。

「俺は、皆《みんな》のことを考えて、あえてお小遣いをあげないんだ！　そういうところでだらしない女には、なってほしくないから！」

俺がそう啖呵《たんか》を切ると、隣《となり》の深夏《みなつ》が頬を膨《ふく》らませて俺を睨《にら》んだ。

「ケチくさい夫は愛想《あいそ》尽《つ》かされるぞ」

「ケチじゃないのです。愛ゆえなのです」

「ま、実際鍵《じっさいけん》からなんか、やると言われても受け取らないけどな、金。気持ちわりーから」

「ぐ」

なんかそれはそれで傷《きず》つく発言だった。

「そうね。私もキー君から恵《めぐ》んで貰《もら》っていうのは、ちょっとプライド傷つくわね。キー君は、私から餌《えさ》を貰って尻尾《しっぽ》振ってるのがお似合《にあ》いだわ」

「わー、完全に俺を下に見た発言だー」

知弦さんまで、まるで愛の無いことを言う。……傷つく。

しかしそんな中、唯一《ゆいいつ》、既《すで》に俺への好感度MAXな……しかしその次のイベント（キスとか抱擁《ほうよう》とか）は一切《いっさい》発生しないという致命《ちめい》的バグが絶賛《ぜっさん》発生中の女子、真冬《まふゆ》ちゃんだけが、俺に好意的な笑顔を向けてくれていた。

「ま、真冬は、お小遣い欲《ほ》しいです！　先輩《せんぱい》、真冬と先輩は相思相愛ですから、真冬にお金渡《わた》しても、なんにも問題無いですよー。インドア趣味《しゅみ》には、お金がいくらあっても足りないのですー」

「そうだねー。よぉし、真冬ちゃんにはお小遣い奮発《ふんぱつ》しちゃうぞー……って、違《ちが》う！　危《あぶ》ない！　当初の意志《いし》を忘《わす》れて、恵むところだった！　恐《おそ》るべし、美少女！」

「ちっ」

「『ちっ』じゃないよ！　真冬ちゃん、本当に俺のこと好き⁉　なんか告白以降《いこう》、基本《きほん》的には悪意しか感じないんだけど⁉」

「そんなことないです。大好きです。先輩LOVEです。ケー、アイ、エル、エル、と書いてラブです」

「KILLだよ！」

「冗談《じょうだん》です。とにかく、真冬はこんなに先輩への愛を叫《さけ》んでいるのですから、先輩も、お小遣いというカタチで、真冬に愛を見せてほしいものです」

「だから、駄目《だめ》だって！　特に真冬ちゃんは駄目！」

「な……なんでですかっ！　真冬は、こんなにも先輩を愛しているというのにっ！」

「だって、真冬ちゃんにお金渡したら、それこそ廃人《はいじん》へと堕《お》ちるスピードを加速させるだけじゃないかっ！」

「…………そんなことないです。真冬……オシャレに使うつもりだったんです。先輩に……可愛《かわい》いと言ってほしくて……」

真冬ちゃんのしおらしい様子に、俺は、ハッとする。

「ご、ごめん。真冬ちゃん。俺……真冬ちゃんのこと、誤解《ごかい》――」

「先輩からのお小遣いで……真冬の使用キャラを装飾《そうしょく》して、可愛いって言って貰おうと思っていただけなのにぃっ！」

「アイテム課金のオンラインRPGかよっ！」

俺が全力でツッコムと、真冬ちゃんは「仕方ないですね……」とようやく引き下がった。

俺……この子とやっていけるのだろうか、将来《しょうらい》。恋人《こいびと》の期間ならまだいいが、夫婦《ふうふ》となり、同じ家で一緒《いっしょ》に暮《く》らす想定をすると……正直、甘い場面より、俺が家事一切を全《すべ》てこなしている光景が先に見えるのは、俺の気のせいだろうか。気のせいと信じよう。

俺は「とにかく」と仕切り直す。

「お小遣い云々《うんぬん》は置いておいて。正直、どうなんですか、皆。俺はバイトで稼《かせ》いでいて……それでも生活費とかでアレなのは周知の通りですけど」

「生活費っていうか、杉崎の場合、エロゲがネックなんでしょ」

「こほん。俺のことはともかく。ここに居《い》るメンバーって……バイトとかしてるって話、聞いたことないんですけど」

俺がそう訊《たず》ねると、真っ先に知弦さんが「あら」と反応《はんのう》した。

「私は、たまにバイトしたりするわよ。休日に一日だけとか、そんな感じのものだけどね」

「そうなんですか？　初耳ですね」

でも確《たし》かに、知弦さんほど有能《ゆうのう》な人材は居ない。なにをやらせてもそつなくこなしそうだった。まあ強《し》いて言えば……若干《じゃっかん》、接客《せっきゃく》には向かない性格《せいかく》である気もするが。

俺は、何の気なしに質問《しつもん》する。

「で、どんなバイトをしてるんですか？」

知弦さんのことだから、恐《おそ》らく事務《じむ》仕事とかそういう――

「主に浮気《うわき》調査《ちょうさ》とか」

「探偵《たんてい》!?」

「時折殺人事件《じけん》を解決したり」

「しかも名探偵!?　それお金になるの!?」

「あれは確か……毛利《もうり》なんとかさんっていうおじさんがやっている探偵事務所だったかしらね。あの人、凄《すご》いのよ。時折、かくんと眠《ねむ》ったと思ったら、別人のような推理《すいり》を……」

「それなんか違う世界に紛《まぎ》れ込《こ》んでません!?」

「他にも、雇《やと》われて戦いに赴《おもむ》くこともあるわね」

「傭兵《ようへい》!?」

「とは言っても、伏兵《ふくへい》やトラップの指示《しじ》を出して敵《てき》を手玉に取るだけだけど」

「むしろ孔明《こうめい》!?」

「あとは……そうねぇ。一流企業《きぎょう》への経営《けいえい》指南とか」

「それ、どう考えてもバイトの領域《りょういき》じゃないですから」

「教育改革《かいかく》とか」

「もはや政治家《せいじか》の領域ですから、それ」

「サミットとか」

「国家代表⁉」

「まあそんな感じの、キー君と違《ちが》って、日雇《ひやと》いの軽いバイトばかりだけどね」

「なに照れた感じで言ってんですかっ！　日雇いでサミット出られてたまりますかっ！」

知弦さんがクスクスと笑っている。……まったく、どこまでが本当なんだか。

俺《おれ》はすっかり疲《つか》れてしまって、質問を移《うつ》すことにした。

「それで、知弦さんの財布事情《さいふじじょう》は……。実家で生活しているなら、バイト代はまんまお小《こ》遣《づか》いになるんですから、潤《うるお》っていると見ていいわけですね」

「いえ、そんなことないわよ。ほら、たまにしか働かないから」

「あ、そうなんですか」

「ええ。今も、財布には……。……あ、一億あったわ」

『ええええええええええええええええええええええ⁉』

生徒会にかつてない衝撃《しょうげき》が走る！

「あ、ごめん、正確《せいかく》には一億と八千四十円よ」

「どうでもいいですよ、そんな正確さ！　それより、い、一億ってなんですかっ！　っつうか財布に入るもんなんですかっ、一億！」

「いえ、小切手でね。ほら、急な買い物あったら困《こま》るから」

「どんな買い物ですかっ！」

「っていうのは冗談《じょうだん》で。ほら、さっき言っていた企業への経営指南の時に預《あず》かったものを、たまたま、財布に入れちゃってただけよ。私のじゃないわ」

「ほ。……ってやいや、それはそれで、管理に多大な問題があるような」

「さて、と」

「っつうか無造作《むぞうさ》に机《つくえ》の上に財布置くの勘弁《かんべん》してくださいっ！　耐《た》えられない！　俺達は、その一億の重みにはとても耐えられないっ！」

「あら、ごめんなさい」

知弦さんはそう言って意地悪そうに微笑《ほほえ》むと、財布をカバンの中へとしまってくれた。

………。……いや、それでもまだ、問題ありまくりな気がするけど。

知弦さん以外の全メンバーが、何か妙《みょう》にドキドキする中、俺は質問を次の人間へと続けることにした。

「深夏なんかも、バイトしてそうだけど……そんな話聞かないな」

「そうだな。休日は遊びたいしな、やっぱ。でもたまーには、友達に誘《さそ》われたりすればバイトに出向くぜ」

「そうなのか。力仕事も大変だな」

「おいこらてめぇ。なんで力仕事と決めつけてんだよ」

深夏に、ぐりぐりと脇腹《わきばら》を抉《えぐ》られる。俺は呻《うめ》きながら、「だって」と反論《はんろん》した。

「どうせ、引《ひ》っ越《こ》し業者とか土木関係とかそんな感じだろ？」

「はん。これだから、鍵は。見る目ねーよなー。人間っつうのは、そんな表面的なキャラだけで行動しないいんだぜ」

「む」

深夏がふふんと気取っている。……腹が立ったが、言い返せない。確かにそうだ。深夏と言えば運動と、勝手に決めつけていたところはある。仮《かり》にも女の子相手に、失礼だったかもしれない。ここは、ちゃんと謝《あやま》って――

「ま、力仕事だけどな。体動かすの好《す》きだし」

「俺の反省を返せっ！」

「あたしも昔は色々やったもんだぜ……傭兵とか」

「傭兵あがりが二人もいる生徒会って、なんなんだよ！」

「まああたしはケンカの助《すけ》っ人《と》みたいなことだけどな」

「それでも、女子が請《う》け負うバイトじゃねえ。っつうか、駄目《だめ》だろ、それ」

「大丈夫《だいじょうぶ》。あたしが出ることによって、全員無傷《むきず》でことが収束《しゅうそく》するようになるから。あたしがちょっとそこらの岩を《ボゴンッ》て凹《へこ》ませたら、どちらの陣営《じんえい》も、蒼白《そうはく》になって『すいませんでした。二度と無益《むえき》な争いは致《いた》しません』っていう結果になるから」

「なんだそのZ戦士的解決法《かいけつほう》」

「あとバイトと言ったら……うぅん、《ギルド》で《ミッション》を受けて、解決したら依頼者《いらいしゃ》から報酬《ほうしゅう》を貰《もら》うっていう作業をよく……」

「なんだそのRPGの寄《よ》り道的作業！　お前のレベルが高い原因《げんいん》はそれかっ！」

「あと代打。イ○ローの」

「どんな超《ちょう》レベル打者だよ！」

「ファイトマネーでも少々稼《かせ》ぐ」

「なんの⁉　なんのファイトマネー⁉」

「あと……よくわかんないけど、昔、『EDF！　EDF！』と叫《さけ》びながら、上空の円盤《えんばん》を打ち落としていた記憶《きおく》が……」

「どこの地球を防衛《ぼうえい》なさってたんですか⁉　お前もなんか違《ちが》う世界紛《まぎ》れ込んでたよねぇ⁉」

「ま、なにはともあれ、あたしも鍵ほどはちゃんとバイトとかしてねぇってことだな」

「いやいやいやいや！　あんたらの世界への貢献度《こうけんど》の方が段違《だんちが》いですから！」

な、なんだか自分のやっているショボい普通《ふつう》のバイトが空《むな》しくなってきた。そりゃ、こんなメンバー相手じゃ「甲斐性《かいしょう》なし」と言われても仕方ないだろう、これ。

俺はもうすっかり凹みながら……しかし、ふと、少なくとも廃人《はいじん》すぎるあの子なら大丈夫だろうと、そちらに顔を向ける。

「ふふふ……ま、真冬ちゃんは、金を浪費《ろうひ》するだけ浪費して、自分では稼げない、俺が居《い》ないと駄目な子だよね、うん。そのはずだ」

「？　なに言ってるんですか、先輩《せんぱい》。真冬のインドア趣味《しゅみ》が、親からの微々《びび》たるお小遣《こづか》いだけで全《すべ》て賄《まかな》えるレベルだと思っているんですか？」

真冬ちゃんの意外な返しに、俺は「ぐっ」とたじろいだ。

「た、確《たし》かに。最新ゲームハード&ソフトのみならず、コミックや小説までずらりと網羅《もうら》するその状況《じょうきょう》……一般《いっぱん》的な高校生が小遣いで揃《そろ》えられる領域《りょういき》を超《こ》えている！　まさかっ！」

「そうです。真冬も、ちゃんとバイトしてるのですよ。えっへん。言っちゃなんですけど、結構《けっこう》稼いじゃってます。それでも勿論《もちろん》、お小遣いは欲《ほ》しいですけど」

EKIYOU

真冬ちゃんが、姉と違って恵《めぐ》まれない胸《むね》を張《は》る。く、なんだこの屈辱《くつじょく》は！　サラリーマンが、小学生の頃《ころ》自分の子分だった下級生に再会《さいかい》して、昔のように上からめっちゃ喋《しゃべ》っていたら、ポロリと漏《も》らしたそいつの年収《ねんしゅう》が実は自分の十倍以上だった……みたいな感触《かんしょく》！　体験したことないけど！　なんか、凄《すご》く認《みと》めたくないっ！

俺は、汗《あせ》をダラダラ流しながら、ケチをつける。

「そ、そうは言っても、どうせ、大した金額《きんがく》では……」

「そんなことないですよ。インドア趣味の茨道《いばらみち》をなめちゃいけないことは、エロゲマスターの先輩だからこそ、よぉく知っているはずです！」

「く」

確かにそうだ。世間には冷たい目で見られるインドア趣味……いやな言い方すれば「オタク趣味」は、実際異常《じっさいいじょう》な程《ほど》金がかかる趣味だ。ある意味、セレブにこそ許《ゆる》された高尚《こうしょう》な楽しみとも言えるだろうっ！

ブランド物マニアなんかより遥《はる》かに厄介《やっかい》で手のかかる趣味を持つ、悲しき、しかし逃《のが》られぬ運命に流され続ける者達！　それが、俺達インドア戦士！

「しかし……真冬ちゃんごときが、いったい、どんな方法で金を稼《かせ》ぐと……」

「ひ、酷《ひど》い言われようです。先輩こそ、時々、真冬を好きとは思えない発言しますよね。

「……まあいいです。とにかく真冬は、お金を稼いでいるのです。少なくとも金銭面《きんせんめん》でお姉ちゃんやお母さんに迷惑《めいわく》をかけたことはありません」

その発言を受けて俺が深夏に視線《しせん》をやると、彼女はため息をつきながらも、「まあな」と頷いていた。そして、続けざまに「だからこそこっちも文句《もんく》が言えず、厄介なんだよ、真冬の趣味は」と疲《つか》れた顔をする。……なるほど。

「でも、一体どうやって稼いで……」

「それはですね。前もちょっと言いましたが、真冬は基本《きほん》ネットで稼いでいるのです」

「でも最近はそれもあまりやってなかったんじゃ……」

「はい。それでも、お小遣い稼ぎぐらいはするのですよ。まあ、そんなことしている暇《ひま》あるなら趣味に費やしたいですから、先輩からお金貰《もら》えるならそれが一番ですけど……」

「そんなん聞いたら、余計《よけい》にやるわけにはいかないだろ。……で、結局、真冬ちゃんはどんなことしてんの、最近」

「そうですね……。……エッチな広告で先輩みたいなのを釣《つ》ったり」

「お前らのせいでぇえええええええええええええええええ！」

この世で最も憎《にく》むべき悪。それが、男の無邪気《むじゃき》で純粋《じゅんすい》な性欲《せいよく》につけこむ輩《やから》。

「じょ、冗談《じょうだん》ですよ、冗談。流石《さすが》の真冬も、そんなあくどいことはしないですよ」

「フーッ、フーッ」

「ど、どれだけ恨《うら》みがあるんですか、先輩。とにかく真冬は……ブログでアフィリエイト収入《しゅうにゅう》とかが主です」

「あ、真冬ちゃん、ブログやってたんだ」

「ええ、やってますよ。HPも含《ふく》め色々やってますが……最近メインでやっているのは、真冬の日常《にちじょう》を綴《つづ》るブログ、『内臓破裂《ないぞうはれつ》』ですかね」

「なにそのブログ！ タイトルの由来がめっちゃ気になるわっ！」

「四字熟語《じゅくご》だったらなんでも良かったんですよ」

「なんでも良かったなら、せめてそこは避《さ》けようよ！」

「ちなみに第二候補《こうほ》は『精神崩壊《せいしんほうかい》』でした」

「なんでそんな破滅《はめつ》思考なの⁉ かなりキてるよね⁉」

「あ、でも内容《ないよう》は真冬のぽわぽわしたオタ生活を穏《おだ》やかに綴るだけですよ。正直、その辺のアイドルさんより、一日の来訪者《らいほうしゃ》数多いです」

「相変わらずそっちの世界ではカリスマなんだね……」

「ブログでは真冬がゲームをオススメしてたりします」

「まあ、そりゃ確《たし》かに売れそうだね。広告収入も入るってもんだろう」

「……いえ、むしろ、真冬がオススメするBL本の方が売れてたりします……」

「書き手の熱意が伝わるんだろうね！」

「たまに、わざと炎上《えんじょう》させたりもします。くく……やつら、自分がおびき出されているとも知らず、のこのこと……」

「怖《こわ》っ！　ネット上では人格《じんかく》変わるタイプかっ！」

「アフィリエイトで稼ごうと思ったら、真っ当な手段《しゅだん》では限界《げんかい》がありますよ、先輩《せんぱい》」

「そ、そうなんだ。でも、炎上しちゃったら駄目《だめ》じゃない？　アクセス数は増《ふ》えるだろうけど……真冬ちゃんのオススメ商品を買ったりはしてくれないんじゃないかな、その人達は」

「そんなことないですよ。炎上っていうのは、その後の対処《たいしょ》が上手《うま》いと、むしろファンを掴《つか》むチャンスなのです！　世に言うツンデレ理論《りろん》です！」

「ツンデレなんだ！　真冬ちゃん、ブログではツンデレなんだ！」

「『べ、別に、あんた達のためにブログ更新《こうしん》してるんじゃないんだからねっ』という感じですね、基本」

「あ、あざとい！　あざとすぎて、逆《ぎゃく》に引いちゃうよ！」

「分かってないですねぇ、先輩。少々あざといぐらいの方が、男性は好きなものなのですよ。『こ、この商品を買ってほしいな、なんて思ってないんだからっ！』って書くだけで、小銭《こぜに》ががっぽがっぽですよ」

「悪女だぁー！」

「人聞き悪いですね。ちょっと口調変えてるだけですよ。ちなみに、最近はツンデレだけじゃなくて、ヤンデレにも手を出してみてます」

「や、ヤンデレなブログ？　想像《そうぞう》つかないんだけど……」

「あ、こういう感じでやってみてるんですけど……」

そう言って、真冬ちゃんはケータイ電話を操作《そうさ》して、そのブログを見せてくれた。

おにぃ、この前はあの商品買ってくれてありがとう！　すっごい嬉《うれ》しかったヨ！　やっぱり私、おにぃのことだぁーい好き♪　このブログは、おにぃだけのものだよ！　おにぃさえ見てくれれば、それでいいんだ。

……ところでおにぃ。この前、あの子のブログでも商品買ったって聞いたけど……ホント？　嘘《うそ》だよね？　嘘だもんね？　私はおにぃだけのものなの。だからおにぃも、私のブログだけしか見ちゃいけないの。そうだよね？　そのはずだよね？　だから、アイツが嘘ついてるんだよね？　おにぃと私の仲を引き裂《さ》こうだなんて、あのウジ虫が。脳漿《のうしょう》を撒《ま》き散らして死に晒《さら》せばいいのに。

あれ、おにぃ。どうしたの？　おにぃは、私に嘘なんかつかないもんね。ところでおにぃ、最近ネットでお買い物した履歴《りれき》があるんだけど……あれ、なに買ったの？　あはは、おにぃのことが好き過《す》ぎて、ちょっとだけハッキングしちゃった☆　てへ。

あ、おにぃのことだから、私へのプレゼントなのかな？　かな？　あは。嬉しいなぁ。嬉しいよぉ。今度、貰《もら》いにいくからね。家まで、いくからね。待っていてね。あの女のブログで紹介《しょうかい》した商品なんか、ないはずだもんね。もしそんなものがあっても……私が、返品してあげるね。いらないものだもんね。あの女が無理矢理《むりやり》送りつけてきただけだもんね。そのはずだもんね。だから私が、あの女の元に運んであげる。あの女に、女に、たたき返してあげる。体にめり込《こ》むぐらい、強く、強く、強く、強く、お腹《なか》の奥《おく》まで返してきてあげる。

あ、ところでおにぃ。今日私が紹介する商品だけど――


「助けてぇえええええええええええええええええええええええ！」

俺《おれ》はブログの途中《とちゅう》で思わず絶叫《ぜっきょう》して、読むのを中断《ちゅうだん》してしまった。真冬ちゃんがケータイを回収《かいしゅう》しながら、「先輩、どうかしました？」と首を傾《かし》げている。

「どうかしたかじゃないよ！　もう、これ、ホラーじゃないか！」

「そうですか？　でも、売り上げは伸《の》びてますよ、最近」

「そりゃ脅迫《きょうはく》じみてるからだろう！」

「心外ですね……。真冬はそんなつもり無いのに……。ね、おにぃ？」

「その呼《よ》び方やめてぇえええええ！　っていうか、なんでおにぃなの！　特定の人に向けたみたいな文章なの！」

「『おにぃ』＝『ブログ読者』なんですが……やっぱり、分かりづらいですかね。ううん、もうちょっと改良しないとですね」

「改良とかしないでいいから！　そっちの方向性を、そもそもやめい！」

「そうですか。じゃあ仕方ないんで、元のツンデレブログに戻《もど》します」

「ああ……今となっては、それが随分《ずいぶん》良心的だったことが分かるよ」

「でも、先輩は怯《おび》えすぎだと思いますよ？」

「い、いや……まあ、若干《じゃっかん》トラウマも刺激《しげき》されがちっていうか、おにぃっていう表現《ひょうげん》がちょっとアレっていうか……」

「？」

「なんでもない」

俺は嘆息《たんそく》して、引き下がった。ふぅ……文章見てあそこまで恐怖《きょうふ》を覚えたのは、久々《ひさびさ》だぜ。俺はこっそり深夏に、「妹の教育はちゃんとしてくれ」と耳打ちしておいた。深夏も、これには神妙《しんみょう》に頷《うなず》くのみだった。……俺は、「妹」というものに基本《きほん》弱いのかもしれない。

さて、もう真冬ちゃんの金銭事情《きんせんじじょう》に深く入り込む気力はない。俺は、まだ聞いてない残りの一人……会長へと、視線《しせん》を向けた。彼女に関しても、あまりバイトするタイプではないだろう。俺のそんな考えに気がついたのか、会長は「な、なによ」とこちらを睨《にら》み、腰《こし》に手を当て、胸《むね》を張《は》る。

「私だって、バイトぐらいしたことあるもん」

「へぇ。そうなんですか。……で、実際《じっさい》どうなんですか、知弦さん」

「な、なんで知弦に聞くのよ！」

「アカちゃんがバイトなんて、聞いたことないわね」

あっさり知弦さんがバラす。深夏は「だよなぁ」と笑い、真冬ちゃんも「ですよねぇ」とニコニコしていた。……しかし、会長はそういった俺達の感想がとても気に入らなかったようだ。ぷっくーと膨《ふく》れていく。そして、怒《おこ》ったようにたんたんと机《つくえ》を叩《たた》いた。可愛《かわい》い。

「前も言ったけど、私だって、親の肩《かた》たたきとかでお金貰ったことあるもん！」

「前も言いましたけど、そういうのは違《ちが》いますから。身内が駄目《だめ》とは言いませんけど……もっとハードな、ちゃんとした仕事は無いんですか？」

「あ、あるわよ。私だって、バイトぐらい……。去年なんか、サンタさんのバイトに志願《しがん》したりもしたんだから！」

「サンタさんのバイト？　サンタの服着て、チラシ配ったりですか？」

「や、そうじゃなくて、サンタさんそのもの。サンタさん本人に手紙送ったんだけど……『気持ちだけ受け取っておきます』って返ってきた。サンタさんは、謙虚《けんきょ》だねぇ」

「……そーですか」

確定《かくてい》した。この人、社会の枠組《わくぐ》みから外れたところに存在《そんざい》している。

「他には、なにかしたんですか？」

「うーんとねー。……あ、近所の保育園《ほいくえん》で……」

「預《あず》かって貰ったんですか？」

「違うよ！　保母さんやったことあるんだよ、一日だけ！」

「子供《こども》が子供の面倒《めんどう》を見るなんて、画期的な保育園ですね」

「普通《ふつう》の保育園だよ！　私、高校生！」

会長がとてもご立腹《りっぷく》なようだ。ふざけたつもりはなかったのだが……。

とりあえず、ちゃんと話を聞くことにする。

「で、どんな大失敗をやらかしたんです？」

「それがねぇ……って、なんで失敗談の前提《ぜんてい》なのよ！　べ、別に、そんなに大きな失敗はしてないよ！」

「奇跡《きせき》って、あるんですね」

「その結論《けつろん》おかしいよねぇ!?　純愛《じゅんあい》小説のラストで不治の病のヒロインの絶望《ぜつぼう》的と言われていた手術《しゅじゅつ》が成功した後ようやく出るぐらいの結論が、今あっさり出たよねぇ!?」

「……なんにせよ、会長に保母さんを頼《たの》むなんて……。日本の保育園の人手不足は深刻《しんこく》ですね」

「杉崎の私に対する認識《にんしき》の方が深刻だよ！　とにかく、私はちゃんと保母さんやったんだからねっ！　子供達と、歌って、踊《おど》って、おやつ食べて、お昼寝《ひるね》したもん！」

「休日を満喫《まんきつ》しただけに聞こえるのは、俺だけでしょうか」

「ぐ。こ、子供の相手は、疲《つか》れたなー。うん、疲れた疲れた」

「……まあいいですけど。で？　そのバイトで、いくらぐらい貰《もら》ったんですか？」

「おやつ」

「は？」

「だから、三時のおやつ。それで、引き受けた」

「……それだけで？」

「ふふん、ただのおやつじゃないよ。なんと、ビック〇マンチョコだよ」

「いやいやいやいや！　どんだけシール欲《ほ》しいんですかっ！　っていうか、労働に見合ってな——。……あ、いや、それでいいのか」

会長自身、めっちゃ楽しんでたっぽいし。働いたというより、一日預かって貰って、おやつまでつけて貰った、と見るべきか。

会長は「えへん」と胸を張る。

「園長さんから、『くりむちゃんは、いい子で偉《えら》かったねー』って褒《ほ》められちゃったよ。私、デキる女ね、やっぱり」

「……明らかに子供扱《あつか》いじゃないですか」

これじゃあ、確《たし》かに、知弦さんが「バイト」と認識してなくてもおかしくない。そうか……こういう風に、会長はバイトだと思っていても、知弦さんからすると全くバイトじゃないことが、沢山《たくさん》あるのかもしれない。

とりあえず、会長に他の「バイト」も聞いてみることにする。

「他には、何かやったことあるんですか？」

「他に？　うーんと……あ、新聞配達」

「あれ、王道。マジですか？　結構《けっこう》キツイですよ」

「そうね。あれはハードだわ。毎朝、郵便《ゆうびん》受けからお父さんのところまで新聞を持って行くなんて仕事……根気がなきゃ、とても出来ないよね」

「……そーですね」

「あ、キー君、諦《あきら》めたわね」

知弦さんに鋭《するど》い指摘《してき》を受けたが、俺は、もういちいちツッコンでいられなかった。

会長は、調子づいて次々に自分の「バイト経験《けいけん》」を語る。

「ウェイターも経験したわね。お母さんの作った料理をテーブルに運ぶという重労働には、私も少々手こずったわ」

「ご両親は会長の扱いに毎日手こずっているんでしょうね」

「郵便にも携《たずさ》わったわよ。年賀《ねんが》はがきを、家族の分まとめてポストまで出しにいくの。……雪国の冬であることを考えると、あれは過剰《かじょう》労働だったのではないかと、今にして思うわ。千円しか貰えなかったし」

「とりあえず世の郵便局員に謝《あやま》って下さい。っていうか、家庭内で完結してばっかりじゃないですか、さっきから」

「そ、そんなことないよ。家族以外だと……そうそう。知弦と一日デートする代わりに、パフェ奢《おご》って貰ったことあるよ」

「ち、知弦さん⁉」

俺がバッとそちらを向くと、知弦さんは気まずそうに視線《しせん》を逸《そ》らした。

「む、昔の話よ……」

「いやいやいや！　これ、軽い援助交際《えんじょこうさい》ですよね⁉」

「ひ、人聞きの悪い。……アカちゃんが可愛《かわい》いのが、罪《つみ》なのよ」

なるほど。クールな知弦さんでさえこのザマ。両親といい親友といい、身近な人間がいちいち甘《あま》やかすから、会長がこんな風になってしまったわけか。会長自身も勿論《もちろん》悪いとこだらけだが、周囲の大人達にも大分責任《せきにん》がある気がしてきた。

俺が会長の教育環境《かんきょう》に胸《むね》を痛《いた》めていると、会長は、ふと俺を上目遣《うわめづか》いに見てきた。いつの間に淹《い》れたのか、手元には番茶の注がれた湯呑《ゆの》みが。

「はい、杉崎、どーぞ」

俺はその会長の「らしくない」気遣いに…………感動したっ！

思わず、彼女の頭を撫《な》でてしまう！

「おー、よしよし、会長はいい子だなー。どれ、おにーちゃんが五百円あげよ――」

「先輩《せんぱい》！　思いっきり会長さんの術中《じゅっちゅう》にハマってますよ！」

「はっ！」

俺は財布《さいふ》から五百円玉を出そうとしたところで意識《いしき》を取り戻《もど》し、ギリギリで踏《ふ》みとどまる。会長が、「ぶー」とこれまた可愛らしく口を尖《とが》らせていた。か、可愛い……。ごめんよ、会長。今、やっぱりお小遣いをあげるから——

「お、おい鍵！　耐《た》えろ！　耐えるんだ！」

深夏がガッと俺の腕《うで》を掴《つか》む！

「は、放《はな》せ、深夏！　会長が堕落《だらく》しようが知ったことかっ！　俺は、この可愛い生物を愛《め》でるんだっ！　愛でまくるんだっ！」

「気持ちは分かるが、やめろ鍵！　このままじゃお前、生活費まで毟《むし》りとられるぞ！」

「く……。そ、そうだった。あげちゃ駄目《だめ》だ。あげちゃ駄目だ、あげちゃ駄目だ、あげちゃ駄目だ……」

俺はぶつぶつと呟《つぶや》き心を落ち着かせる。会長が「私は使徒じゃないんだから……」と、呆《あき》れた顔をしながらも、引き下がってくれた。ようやく心に平穏《へいおん》が戻ってくる。

……よぉく分かった。これは最早《もはや》、会長の能力《のうりょく》だ。っていうか、この能力で生徒会長の座《ざ》に納《おさ》まっているとこもあるしな。この人は、駄目人間だけど、なんだかんだで一生お金には困《こま》らないんじゃないだろうか。ある意味、現人神《あらひとがみ》。お賽銭《さいせん》の如《ごと》く金が集まる。

「キー君……わかったでしょう？　この子の、恐《おそ》ろしさが」

「ああ……すまない、知弦さん。俺《おれ》、会長の『萌《も》え力』を侮《あなど》ってたぜ」

俺と知弦さんは、神妙《しんみょう》な顔で頷《うなず》き合う。深夏が半眼《はんがん》で「いや、二人が会長さんに弱すぎんのもあるから」とツッコンでいたが、そんなことはない。決して、親バカ、親友バカ、恋《こい》バカではないのだ。

当の会長はというと、現在《げんざい》は自信ありげに胸を張《は》ってふんぞり返っていた。

「どう、私のバイト遍歴《へんれき》は！　杉崎なんかより、ずっと有能《ゆうのう》で、お金を効率《こうりつ》的に稼《かせ》いでいるでしょう！」

「た、確《たし》かに」

結果だけ見れば、そうだ。確かこの人の父親は社長で、収入《しゅうにゅう》が安定しないとは言うものの、やっぱり金持ちの部類で、そういうことも関係はしているのだろうが……。それでも、ここまで甘やかされるのは才能《さいのう》なんだろう。それが親譲《おやゆず》りだとしたら、親が「社長」というのも、なんか頷ける話だ。妙なカリスマのある一族なのかもしれない。

「お金っていうのは、結局、優秀《ゆうしゅう》な人のところに流れるように出来てるのよ」

会長は分かった風なことを言う。しかし……一概《いちがい》には、反論《はんろん》も出来なかった。

知弦さんが、「そうかもしれないわね」と後を引き継《つ》ぐ。

「苦労と報酬《ほうしゅう》は必ずしも等価《とうか》ではないわ。例えば、同じ荷物を運ぶ仕事をするとして、愚《ぐ》直《ちょく》に人力でせっせと、だけど不安定に荷物を運ぶ人と、車を借りて安定した状態《じょうたい》でパッと運んじゃう人では、客としては後者に任《まか》せたいでしょう。どちらがキツイ作業かと言えば前者だし、汗《あせ》をかいて頑張《がんば》ってるのは、前者の方かもしれないけどね」

実に知弦さんらしい論理《ろんり》だった。流石《さすが》自称企業《じしょうきぎょう》アドバイザー。でも、確かにその通りだ。ここに居《い》るメンバーは……俺以外全員、「努力している」というのとはちょっと違《ちが》うけど、それでも、才能を最大限《さいだいげん》に活《い》かして、お金を稼いでいる。そういう意味では、俺が会長を「甘やかされてる！」と批判《ひはん》するのも、ちょっと違うのかもしれない。

「真冬も、ブログのアフィリエイトで稼いでいると『楽して稼いでいる』って言われがちですけど……それでも、ブログや商品を見て貰《もら》えるよう努力をしてはいますからね。汗をかく努力とは、違うんですけど」

「あたしの場合は力仕事で『汗をかく』仕事だけど、それでも、あたしの体力や腕力《わんりょく》なら、他のバイトより早く効率的に終わるからなぁ。それで先にあがって、同じ金額《きんがく》を貰っているると……たまに、恨《うら》みがましい視線《しせん》を向けられるけど……それも違うよなぁ」

なんだかんだ、それぞれそれなりに苦労はしているようだ。

正直、完全に一般人《いっぱんじん》……才能もなにもなく、知弦さんの言う『愚直に働く側』の人間である俺としては、なにか燻《くすぶ》るものが残るのも事実だが、一応納得《いちおうなっとく》はしておく。

そうして会長は、今日も会議を締《し》めるように発言した。

「うむうむ。ではそういうわけで、今後は生徒会の一存シリーズ関係で入ってきた印税《いんぜい》が私の懐《ふところ》に収《おさ》まるということに、全員賛成《さんせい》ということで……」

『ちょっと待てこら、待って下さい、待ちなさい』

全員で一斉《いっせい》にツッコム。会長は、顔を背《そむ》けて「ちっ」と舌打《したう》ちしていた。こ、この人っ！

「今日はどうも会議テーマを掲《かか》げないと思ったら！　会長！　話がいい流れになったところで、ぽろっとその結論持ち出して、さくっと承認《しょうにん》得て解散《かいさん》するつもりだったんですね！」

「な、なに言ってるのよ杉崎。そんなはずないじゃない。たまたまよ、たまたま」

「ず、ずるいです会長さん！　生徒会の一存シリーズは、真冬達生徒会……いえ、この学園全体で作っているものですよ！　よって、学園の共有財産《ざいさん》のはずです！」

「でも、やっぱり、ここは代表たる私が受け取るべきなんじゃないかなーって。ほら、さっき結論出たでしょ。お金は、才能ある人のところに集まるべき……みたいな」

「いやいやいや、そういう話じゃねーから！　会長さん、なに結論すり変えてるんだよ！　自分の功績《こうせき》じゃないものの報酬まで受け取れってことじゃねーから！」

「私、生徒会長だもん。生徒会で出版《しゅっぱん》したものの印税は、私のものだと思うのよね、うん」

「アカちゃん……。アニメ化が決定した途端《とたん》、欲《よく》が出てきたのね」

「そ、そうじゃないよ。お金は、天下の回りものだから……ほら、あるべきところに行き着くべきっていうか」

「それ言い出したら、執筆者《しっぴっしゃ》たる俺にこそ受け取る権利《けんり》あるんじゃ……」

「杉崎に書かせているのは私だし、それに、私が主人公だから、私でしょ衝撃《しょうげき》事実発覚！　生徒会シリーズの主人公は、会長だった！」

「って、違うでしょう！　俺の一人称《いちにんしょう》なんですから！　あー、言えば言うほど、やっぱり俺が受け取るべきな気がしてきた！　うん、そうだ！　生徒会の一存シリーズの印税は、俺のもんだぁー！」

「な——。先輩《せんぱい》、それは無いですよ！　真冬もたまに書き下ろしてますし！　真冬のイラストも結構《けっこう》多いですし！　真冬の趣味《しゅみ》が主題《テーマ》にあることばっかりですよ！　うん、そう考えますと、学園の共有財産っていうより、やっぱり生徒会の印税は真冬のもの——」

「おいおい、妹よ。そいつぁ聞き捨《ず》てならねぇな。それ言い出したら、真冬を育て、鍵に活《かつ》を入れ、更《さら》には二年B組にまつわる話にだってフル出演《しゅつえん》しているあたしにこそ、印税を受け取る権利があると言え——」

「あら深夏。それは違うんじゃないかしら。編集部《へんしゅうぶ》とのやりとりや、シリーズ構成《こうせい》、キー君の書いた文章の添削《てんさく》、アカちゃんの無理な注文への対処《たいしょ》、その他諸々《もろもろ》の商業戦略《せんりゃく》的なことは、誰《だれ》がやっていると思ってるの？　そういえば、そういった作業への報酬……全然無かったわね。これは、印税は私に入るべきね、ええ」

結局全員が印税を手に入れる権利を主張《しゅちょう》し合い始めてしまった。

そうして、数分後には——

「こ、こうなったら、会長権限《けんげん》を使って……」

「そうはいくかよ、会長さん。ここまで来たら、武力《ぶりょく》行使でも——」

「そうはさせないわよ、深夏。仕方ないわね。今こそ、こんなこともあろうかと生徒会室に仕掛《しか》けた１０８のトラップを使用する時——」

「ふふふ。皆《みな》さんがそんなことをしている間に、真冬、富士見《ふじみ》書房《しょぼう》にハッキングをかけて、真冬の口座《こうざ》に印税を振り込《こ》むよう細工を——」

「させるかよ！　金があれば、俺は——また一歩モテ男に近づくんだー！　もう甲斐性《かいしょう》なしとは、言わせねー！」

「それまだ気にしてたの、杉崎！　ちっちゃい男ね！」

「あんたにちっちゃいとか言われたくないわー！」

──と、言うわけで。その後、生徒会は顧問《こもん》の真儀瑠《まぎる》先生が乗り込んできて、「生徒会の活動の一環《いっかん》なんだから、生徒個人《こじん》に金が入るわけないだろう！　冷静になれ！」と一喝《いっかつ》されるまで、血で血を洗《あら》う……それはもう恐《おそ》ろしく醜《みにく》い争いを展開《てんかい》したのだった。

……で、嵐《あらし》のような争乱《そうらん》から十分後。そこには生徒会室の床《ゆか》に正座《せいざ》で並《なら》ばされ、真儀瑠先生にくどくどと説教される俺達の姿《すがた》があった。


「では、戒《いまし》めとして、今回の会議内容《ないよう》も全部掲載《けいさい》するからな」

『はい』

「まったく。これが、いつも『生徒会は今日も温《あたた》かい』やら『俺達の絆《きずな》は本物だ』的終わり方で話を締めるやつらの所業とは思えんな。所詮《しょせん》、欲に溺《おぼ》れる子供《こども》か」

『返す言葉もございません』

「これに懲《こ》りたら、二度とこんな金で争《あらそ》うという醜《みにく》い失態《しったい》を犯《おか》すこと、無いように」

『肝《きも》に銘《めい》じます』

「うむ。では、仕方ないから今後生徒会の一存シリーズの印税は顧問たる私が基本《きほん》全部預《あず》かるということで……解散！」

『おい待てこら』

——と、言うわけで。

今日の結論。

皆も、金銭《きんせん》トラブルには気をつけようね☆

by　最終的に全治二週間の傷《きず》を負った男より

【第三話～嫉妬《しっと》する生徒会～】

「優《やさ》しさは、時に残酷《ざんこく》なものなのよ！」

会長がいつものように小さな胸《むね》を張《は》ってなにかの本の受け売りを偉《えら》そうに語っていた。

「じゃんこくー！」

——と、唐突《とうとつ》に、会長の見せ場を思いっきり邪魔《じゃま》する高い声。俺は、その発生源《はっせいげん》……自分の膝《ひざ》の上にちょこんと座《すわ》ってきゃははと笑う彼女の頭にぽんと手をおいた。

「こらこら、騒《さわ》いじゃ駄目《だめ》だよ、エリスちゃん」

「にーさま、にーさま！　あのひと、ちっちゃいのにえらそーだね！」

エリスちゃんはくるんと首を振り向かせ、くりくりとした大きなエメラルドの瞳《ひとみ》で俺を見つめてきた。姉と同じく鮮《あざ》やかな金髪《きんぱつ》がふわりと揺《ゆ》れる。……やっぱり、可愛《かわい》い子っていうのは、ちっちゃい頃《ころ》から貫禄《かんろく》あるものなんだなぁ。

俺はニッコニコしながら、「あのおねーちゃんは、会長さんだから、偉いんだよ」とエリスちゃんの頭を撫《な》でる。……ふと、ただならぬ殺気を感じて会長の方を見ると、彼女は、なぜだかもの凄《すご》ぉく鋭《するど》い眼差《まなざ》しを俺に向けていた。

「か、会長?」

「……杉崎《すぎさき》」

「は、はい」

「……会議にちっちゃい子がいるのは、やっぱりどうかと――」

「あのおねーちゃん、じぶんもちっちゃいのに……へんなの」

「!」

エリスちゃんの無邪気《むじゃき》な発言に、会長は暴《あば》れ出しそうになるも、知弦《ちづる》さんにガッと押《お》さえられていた。

「は、放《はな》して、知弦! あの子……放《ほう》り出す! 生徒会室は、子供の来る場所じゃない!」

「きゃははは っ! あのおねーちゃん、おもしろーい! じぶんもこどもなのにー」

「――! むきゃー! 私は子供じゃなぁぁぁぁーい!」

「お、落ち着くのよアカちゃん! 大人だからこそ、子供の言うことに一々反応《はんのう》しないのっ!」

「っ……。……そ、そうね」

知弦さんに窘《たしな》められ、会長は深呼吸《しんこきゅう》しながら席に着く。俺はそれをひやひやしながら見守った後、俺の膝の上で相変わらず笑っているエリスちゃんに声をかけた。

「こーら、エリスちゃん。静かにするって、約束したよね？」

「だって、だって」

「エリスちゃん」

「う……わかった。にーさまがいうなら……」

俺が注意すると、エリスちゃんはしょぼんと大人しくなった。

「……キー君の言う事だけは、ちゃんと聞くのよね……」

知弦さんが、頬《ほお》に手を当てて不思議そうに漏《も》らす。それに対し、椎名《しいな》姉妹も深く頷《うなず》いていた。

「変な話だよな。こいつの、どこが気に入ったんだか」

「真冬《まふゆ》も不思議です。紅葉《あかば》先輩《せんぱい》や、会長さんの方が子供に好かれそうなのに……。精神年《せいしんねん》齢《れい》が近いんでしょうか」

ひねくれた評価《ひょうか》をする二人に、俺は、ちっちっちと指を振る。

「この俺のモテオーラは、やっぱり隠《かく》し切れないんだろうなぁ。ここのメンバーみたいに妙《みょう》な『ツン』が無い幼女《ようじょ》なら、この反応は至極《しごく》当然なのさ」

「エリス、にーさま、すきー！」

「おぉ、エリスちゃんは素直《すなお》で可愛いなぁ」

「えへへー」

膝の上で向きを変えたエリスちゃんが、俺《おれ》の胴体《どうたい》にひしっと笑顔《えがお》で抱《だ》きついてくる。

……なぜか、生徒会中からジトッとした視線《しせん》を向けられた。

「……ロリコン」

「誰だっ！　今、誰が言った！　今のこの状況《じようきよう》で、それは禁句《きんく》だろう！」

俺がロリコン？　ハッ、勘弁《かんべん》してくれ。俺は、ちゃんと成熟《せいじゆく》して、性《せい》の対象として見られる年齢の女の子にしか興味《きようみ》は——

「にーさま、だぁいすき♪」

「…………うふ」

上目遣《うわめづか》いに俺を見てくるエリスちゃんに、思わずにやけてしまう。途端《とたん》、生徒会中から一斉《いつせい》に非難《ひなん》が飛んできた！

「うふってなんだよ、うふって！　気持ち悪ぃ！　お前、本格的《ほんかく》にアレだな！」

「先輩……年下好きとは言っても、限度《げんど》がありますよ……。真冬、幻滅《げんめつ》です」

「キー君、残念だわ」

「杉崎、自首しようね」

「う、うるさぁい！　俺は、ロリコンじゃない！　こう、父親や兄的な意味で、この子を愛《め》でているだけだぁ――！」

全力で否定《ひてい》する。しかし、すると……エリスちゃんが、ぷくっと頬を膨《ふく》らませていた。

「エリスは、にーさま、すきっ」

「？　ああ、うん、そうだよね。ありがとう」

「ちがうのっ！　すきなのっ！　えと……えと、あいちてるの！」

「………」

生徒会室に、沈黙《ちんもく》が降《お》りてくる。そして……またどこからか……

「ロリコン」

「ああっ！　今のは言われても仕方ないと覚悟《かくご》してたさ！」

正直、俺だってめっちゃ戸惑《とまど》ってますよ！　なんでこんな好かれてんのか、自分でも全然分からないっすよ、ええ！　なんで子供《こども》なの！　あと十年早く生まれてきてくれていればっ！

俺が複雑《ふくざつ》な想《おも》いに捉《とら》われていると、会長が「それにしても……」と嘆息《たんそく》しながら呟《つぶや》いてきた。

「なんで『リリシアの妹』を、生徒会で預《あず》からなきゃいけないのよ……」

いけど。

会長はとっても不満げだ。まあ、リリシアさんとそもそも仲悪いから、当然かもしれな

俺は抱きつくエリスちゃんの背《せ》をとんとんとしてあやしながら、「仕方ないじゃないですか」と説明する。

「見ての通り、この調子なんですから……」

「杉崎のことを気に入ってるのは分かるけど、それでも、うちで預かる理由にはならないわよ」

「さっきも説明しましたけど、新聞部は今、なんか校外に取材行っちゃってるみたいなんですって。ケータイで連絡《れんらく》しましたけど、帰ってくるまでもう少しかかるっていうし……」

「だとしてもっ。なんで、杉崎がその子を連れてくるのよっ」

「いや、だから、それは成り行きとしか……」

そう説明しつつ、俺はここに来る前のことを思い出す。端的《たんてき》に言えば、姉であるリリシアさんを訪《たず》ねて、校内をうろうろしていたエリスちゃんが、生徒達から注目されて人だかりが出来ている場にたまたま出くわしたのが俺で。

で、生徒会役員だし、一応《いちおう》代表して対応して、とりあえず二人でしばらくリリシアさんを捜《さが》しつつ、持ち前の「女の子には優《やさ》しく」精神で必死に、この子が不安にならないよう

に振《ふ》る舞《ま》っていたら……いつの間にやら「にーさまにーさま」と慕《した》われていて。

結局、リリシアさんが帰ってくるまで待たなきゃいけなくなったんだけど、エリスちゃんがこの調子で俺から離《はな》れたがらないから、こうして生徒会室まで連れてきているわけで。

うん……実はちょっと省略《しょうりゃく》している部分があるとは言え、どこをどうとっても、間違《まちが》った行動はしてないと思うのだが。

「……ロリコン杉崎」

「なんで俺、そこまで責《せ》められにゃあならんのですかっ！　俺は悪くない！」

「にーさま、すきぃー！」

「ああっ、ややこしいタイミングでそんな発言を！　クソッ、だけど可愛《かわい》いなぁ、ちくしょう！　よーしよしよし」

思わずエリスちゃんの頭を撫《な》でてしまう。……生徒会メンバーの好感度がメキメキ下降《かこう》していくのを肌《はだ》で感じるが、この可愛さの前では、どうしようもない。

俺に助け舟《ぶね》を出してくれたのか、「にしても」と知弦さんが話題を変えてくれる。

「性格的《せいかく》にはあんまり姉に似《に》てないわね。あの藤堂《とうどう》さんの妹なら、もう少し、高飛車でツンツンしているイメージあったのだけれど」

「あ、それは真冬も思いました。でも、容姿《ようし》はそっくりですよね。リリシア先輩《せんぱい》の幼少時《ようしょう》代って、こんな感じだったんだろうなぁって」

「だな。ちっちゃくて無邪気《むじゃき》なくせに、妙《みょう》に気品もあるしな。……鍵《けん》が犯罪《はんざい》に走る気持ちも、分からないじゃないぜ」

「走ってねぇよ！」

「杉崎、サイテー」

「最近俺の好感度、すげぇ理不尽《りふじん》に減《へ》っていきますね！」

「エリス、にーさま、すきー！」

「ありがとう、エリスちゃん。でも、なんか、逆《ぎゃく》に辛《つら》いよ、その励《はげ》まし」

幼女にモテまくり。……なんだろう。不可抗力《ふかこうりょく》なのに、人として、激《はげ》しく駄目《だめ》になった気がする。悪くないのに。好かれているだけなのに。

俺はこれ以上生徒会役員と接《せっ》しても好感度が減るだけだと判断《はんだん》し、とりあえず、エリスちゃんとコミュニケーションをとることにした。抱きつきを一回解除《かいじょ》させて、膝《ひざ》の上にちょこんと座《すわ》らせる。

「エリスちゃん。今日はどうしてわざわざ高校まで来たんだい？」

「それはおねー……。……うーんと、にーさまとであうためー！」

「ぬぉ」

なんか凄《すご》い切り返しを受けた。幼女とは思えない臨機応変《りんきおうへん》っぷり！

「末恐《すえおそ》ろしい子だぜ……エリスちゃん。流石《さすが》、リリシア先輩の妹」

「えへへ」

「ふむ。エリスちゃんには、プレイボーイの才能《さいのう》……女の子の場合だと、アイドルの才能があると言えるかもしれないな」

「そーなの？」

「ああ。よし、こうなったら、俺がプレイボーイのイロハを一から叩《たた》き――」

「込《こ》むなっ！」

深夏《みなつ》にスパンッと頭を叩かれた。

「な、なにをするんだっ、深夏！」

「てめぇがなにしてんだよ！　気まぐれで子供を悪の道に引きずり込むな！」

「悪の道なんかじゃねぇよ！　処世術《しょせいじゅつ》だ！　これさえ身に付ければ、あら不思議、明日から貴方《あなた》もモテモテにっていう珠玉《しゅぎょく》の――」

「なんだその青年雑誌《ざっし》の裏側《うらがわ》に載《の》ってる如何《いかが》わしい石の広告みたいな謳《うた》い文句《もんく》！」

「エリス、モテモテがいいー！　にーさまも、エリスにメロメロー！」

「そうだろ、そうだろ、エリスちゃん。モテることはいいことだ。……ワシに師事《しじ》すれば、万事《ばんじ》人生は上手《うま》くいくことじゃろう」

「し、ししょぉー！」

「いやいやいやいや！　師匠《ししょう》、一切《いっさい》実績《じっせき》無いから！　モテモテ人生、全く歩んだ経験《けいけん》無いから！」

深夏がぎゃあぎゃあと五月蠅《うるさ》いが、俺はそれを完全無視し、ェリスちゃんに向き直る。

彼女は俺の膝の上で、ちょこんと正座《せいざ》してこちらを向いていた。……やべ、可愛い。

「先輩、鼻の下伸《の》びてます」

「はっ」

真冬ちゃんにジト目で睨《にら》まれて我《われ》に返る。気づくと、会長もとてもご立腹《りっぷく》なさっていた。

「ェリスちゃん、よぉく覚えておきなさい。あれが、性犯罪者《せいはんざいしゃ》の顔よ」

「会長っ、変なこと教え込まないで下さいよ！」

「そーだよ！　にーさまは、いいひとだもん！……かいちょさん、いじわるだ」

「な――」

エリスちゃんにまで予想外の反撃《はんげき》を受けた会長は、目を丸くする。

エリスちゃんは、キッと会長を睨みつけていた。

「エリスは、にーさますきだもん。にーさまは、とってもいいひとだもん。かいちょさんがきらいでも、エリスは、にーさますきだもん」

「え？　いや、別に、誰《だれ》も杉崎が嫌《きら》いとは……」

「じゃあ、すきなの？」

「え、え、え？　えと……や、あの……。す、好きとかじゃ、ないけど」

会長がもじもじとしながら、俯《うつむ》き加《か》減《げん》に答える。俺は……ガッカリしていた。……そこで、「好きよ！」とか言ってくれないんだ……。はぁ。ハーレムルートの道は険《けわ》しいなぁ。

俺が落ち込んでいると、唐突《とうとつ》に、エリスちゃんがまた抱《だ》きついてきた。

「じゃあ、にーさまはエリスのものぉー！」

『………』

「にーさまぁ。ぐりぐり」

「おいおい、エリスちゃん。くすぐったいって」

「にーさま、あたまなでて、なでてー」

「はいはい」

傷心中《しょうしんちゅう》の俺は、エリスちゃんのぽかぽかする体温と柔《やわ》らかさ、そして愛くるしさにすっかり癒《いや》され、希望通りその艶《つや》やかな金髪《きんぱつ》をさらさらと撫《な》でる。

『………』

なぜか、会長どころか、生徒会中から刺々《とげとげ》しい視線《しせん》を感じる。な、なんなんだ。なんで、子供《こども》を可愛《かわい》がっているだけで、こんな風に見られなければならないんだ。

俺は……恐《おそ》る恐る、いびつに、皆《みな》に笑いかける。

「えと……お、おやおや、皆、嫉妬《しっと》かなー………なんて」

『べつに』

「おおうっ！　若干《じゃっかん》古いが某沢尻《ぼうさわじり》さんより冷たい視線！　ちょ、皆、嫉妬は嬉《うれ》しいけど、相手は子供だし、ほら……」

「別にあたし、嫉妬とかしてねーし」

深夏が、明らかに不機嫌《ふきげん》な様子で言う。

「私も、杉崎がロリコンだからって関係ないし」

会長はそう言いながらもこちらを睨み。

「キー君は、そういう嗜好《しこう》だったのね。……まあ、いいんだけど」

どうでもよさげにしながらも、知弦さんの視線は鋭《するど》く。

「先輩《せんぱい》が他の年下の女の子にデレデレしてたからって、真冬、なんとも思いません」

真冬ちゃんに至《いた》っては、逆《ぎゃく》に怖《こわ》いぐらいニッコォと笑っていた。

……こ、これは、喜んでいる場合ではないんじゃなかろうか。嫉妬してくれているのを、可愛いなぁとか言って、笑顔《えがお》で流せる段階《だんかい》を若干超《こ》えてるんじゃなかろうか。

俺が冷や汗《あせ》をダラダラかいていると、そんなことはお構《かま》いなしに、エリスちゃんが元気いっぱい叫《さけ》んでいた。

「やっぱり、エリスがいちばん、にーさまのこと、あいちてるんだね！」

「え？　あー……そうかもしれないね」

すっげぇ悲しい話ですが。

「にーさま、にーさま！　せーとかいより、うちにおいでよ！　うちは、ひろいし、おかしもおもちゃもいっぱいあるよ」

「ん……そういえば、リリシア先輩の家は金持ちだったっけ」

「うん、おかねもちー。あのねあのね、ともだちのおうちより、エリスのおうち、すっごくひろいんだよー。えへん」

「そっかぁ。それは良かったね、エリスちゃん」

「うん。だからとくべつに、にーさまも、うちでくらせばいいよー」

「ありがとう、エリスちゃん。だけどね……あんまりそういうのは、自分から自慢《じまん》したりしない方が、いいかな」

「？　どうして？　ねーさまは、『じぶんにじしんをもて』っていうよ？」

　なるほど、リリシアさんらしい教育方針《ほうしん》だった。

「そうだね。自分に自信を持つのはいいことだね。でも、その広いおうちは、エリスちゃんが自分で手に入れたものじゃないでしょう？」

「うん。とーさまとかーさまのもの」

「だったら、そこに住んでいることを『誇《ほこ》り』に思うのはいいけど、『驕《おご》り』にしてはいけないよ……って、ごめん、難《むずか》しいか」

「ん。よくわかんないけど……えへへ。にーさまは、やっぱり、ほんとうのにーさまみたいだねっ」

「そ、そう？」

「うん！　にーさまは、エリスに、すごくやさしい！　エリス、にーさますき！」

「ああ、ありがとう――って」

　ぞくりと背筋《せすじ》に悪寒《おかん》を感じる。恐る恐る周囲を見渡《みわた》してみると……なぜか、やたらダークなオーラが周囲に漂《ただよ》っていた。

「へー、杉崎って、子供に優《やさ》しいんだー。へー。ふーん。…………カリカリ」

　な、なんか、会長のポッ〇ーの食い方が妙《みょう》に荒々《あらあら》しいのは、気のせいだろうか。

「別にいいんだけどさ、あたしは。ああ、好きとかじゃねぇし。全然、好きとかじゃねえし、恋人《こいびと》でもねえし。けど……なんだろうな、これ。こう、妙《みょう》にプライドが傷《きず》つけられるっつうか……」

「あら深夏、奇遇《きぐう》ね。確《たし》かにこれは、嫉妬なのかもしれないわ。好きかどうかはさておき……自分の所有物が、すっかり他のものにご執心《しゅうしん》っていうのは……思っていた以上に、腹《はら》立《だ》たしいわね、ええ」

「ちょ、ちょっと、深夏、知弦さん!? 嫉妬は嬉しいけど、相手は子供ですからね!?」

二人の態度《たいど》がおかしい。どうもこれは……ラブ的なものより、自分の遊び道具が奪《うば》われた子供みたいな反応《はんのう》のようだ。どんよーりと、静かに、暗く、コメディな雰囲気《ふんいき》一切《いっさい》排除《はいじょ》したドス黒い嫉妬を感じる。……怖《こわ》い。

「真冬も……なんか、こう、悔《くや》しいです。……ね、おにぃ?」

「真冬ちゃん! ヤンデレキャラ化してるよ! ブログの方の人格《じんかく》出てるから!」

「冗談《じょうだん》ですよ、先輩。……うふふ。うふふふふふふ」

「ひぃ」

なにこれ! 怖い! 怖いわ! 生徒会が、俺《おれ》のハーレムが、凄《すご》く怖いわ! 人気投票で選ばれた美少女達だけに、意外と、プライドは高かったらしい!

俺は、彼女たちをとても直視《ちょくし》できず、視線を逸《そ》らす。結果……。

「にーさま！　エリスとあそぼ、あそぼっ」

にぎにぎと、俺の手を無邪気《むじゃき》に握《にぎ》ってくるエリスちゃん。……かわええ。癒《いや》される。はぅ。子供《こども》はいいなぁ、無邪気で。純粋《じゅんすい》で。見ていて心が洗《あら》われるよう——

「……折れればいいのに……」

「誰だっ⁉　なんか今やたら不吉《ふきつ》な発言したの！　つうかなんだよ、死ねばいいのにとかじゃなくて、折れればいいのにって！　呪詛《じゅそ》が妙に現実的《げんじつ》で、逆《ぎゃく》に怖いわ！」

『………』

全員、ツーンと無視していた。く……この、ツンの時だけ全力なツンデレどもめ！　あ、そっちがそういう態度《たいど》なら、俺だって、今日は徹底抗戦《てっていこうせん》だ！

俺は、ぽかんとしていたエリスちゃんの手を握りなおす。

「じゃ、今日はおにーちゃんと、たくさん遊ぼうか」

「やったー！」

ああ、エリスちゃんは素直《すなお》でいいなぁ。全くデレてくれないうちのハーレムメンバーにも、見習ってほしいものだよ、うん。

「じゃあ、エリスちゃん、なにがしたい？」

「うーんとね。えーとね。……じゃあ……『おいしゃさんごっこ』！」

「え」

思わず赤面する俺。と、その瞬間《しゅんかん》――

「ザキ」

「誰だっ⁉　今俺に死の呪文《じゅもん》かけた奴《やつ》誰だっ！　っていうか、どうせこういうのは真冬ちゃんあたりだろう！」

「……真冬、知りません。……真冬がやるなら、バニ○シュ・デスぐらいやります」

更《さら》に致命《ちめい》的だった。俺はぶるぶる震《ふる》え、犯人探《はんにんさが》しを即座《そくざ》にやめる。

エリスちゃんが、早速《さっそく》「おいしゃさんごっこ」を開始してきた。

「えっと、じゃあ、エリスがおいしゃさん！」

「あ、ああ、そうなんだ。そうだよね。それが、健全でいいよね、うん」

「うん？　にーさま、おいしゃさんやりたい？」

「や、殺されかねないからやめておく。じゃあ、俺は患者《かんじゃ》さんを……」

「うん。にーさまは、べつのやくわり」

「別？　看護士《かんごし》さんとかかな？」

「ううん。にーさまは……『さいしんいりょうききを、うりこみに、えいぎょうにきたけれど、いいはんのうがもらえず、ついにわいろにはしる、えいぎょうマン』だよ！」

「すげぇリアルな設定《せってい》だねっ！」

「ねーさまと、よくやるの！」

「リリシアさん……どんな教育してんだよ、妹に……」

俺が嘆息《たんそく》していると、エリスちゃんは、あくどい顔になって俺の頬《ほお》をぺしぺしと叩《たた》いてきた。

「ちみちみ……ほら、わたすものが、あるんじゃないかね」

「やめよう！　この設定、やめよう！　絶対《ぜったい》教育に悪いって！」

「ええー。……じゃあ、にーさま、なにやりたいの？」

「俺は、普通《ふつう》に患者でいいよ。……こほん。お美しい女医さん、俺が健康か、診《み》てください」

俺は、エリスちゃんに優《やさ》しく語りかける。エリスちゃんは、「うむ」と医者役になりきって、早速俺の胸《むね》にぺたぺた聴診器《ちょうしんき》をあてるマネをし始めた。……ああ、やっぱり子供は可愛《かわい》いなぁ。無邪気で、とても癒され——。

「ガンです」

「そうですか。………。……って、ええっ!?」

衝撃の告知をされた! エリスちゃんが、神妙に頷く。

「もう、ておくれです」

「え、いきなり本人にそこまで告知すんの?」

「われわれも、さいぜんをつくしたのですが……」

「聴診器当てただけですけどっ!」

「えと……エボラなんとかねっとか、ペストとか、てんねんとうとか、そのほかもろもろあらゆる、かんせんびょうを、へいはつなさってます」

「歩くバイオハザードじゃん、俺!」

「ざんねんです」

「残念すぎますよ! せ、先生! どうにかして下さい!」

「………できないことも、ないです」

「え!? そうなんですか!?」

お、ここら辺は流石《さすが》に子供《こども》か。一時はどうなることかと思ったけど、やっぱり、最後はハッピーエンドに持っていってくれ——

「ほら、たすかりたかったら、わたしに、わたすものがあるんじゃないかね」

「結局金か——————！　って、この遊び駄目《だめ》——————！」

俺は全力でツッコム。エリスちゃんはきゃっきゃと笑っていた。

「にーさま、へんなのー！　あははっ」

「エリスちゃんの演技《えんぎ》の方が変だよ！　なんなの、その子供とは思えない設定！」

「へん？　ねーさまとは、いつもこんなふうだけど……」

リリシアさんは、エリスちゃんをどうしたいのだろうか。

ふと、そうこうしていると、また、射《い》るような視線《しせん》に気がついた。

「カリカリ……杉崎……ボリボリ……楽しそうだね……カリカリ……」

会長が、ポ○キーを二本食いしながら、俺を見つめていた。……い、苛立《いらだ》ってんなぁ、これ。

「子供と遊ぶのは、嫌《きら》いじゃないですからね」

「……そう……。……カリカリカリカリカリカリカリカリ」

怖っ！　ポッキ○食うだけでここまで怖《こわ》い人、初めて見たよ！

「杉崎は……カリカリ……大人な私みたいな女性《じょせい》より、子供の方が好きなのかな？　かな？」

「色々ツッコミどころはありますけど、とりあえず、その雛○沢住人みたいな不穏《ふおん》な態度《たいど》やめて下さい。本気で怖いです」

「…………。……ではお聞きします、杉崎さん。貴方《あなた》は、午後四時五十分現在《げんざい》、そこの幼《よう》女《じょ》と楽しく戯《たわむ》れていた……ということで、よろしいですね？」

「その、某《ぼう》L的態度《たいど》もやめい」

「それはおかしいですねぇ、や○みさん」

「おかしいのは貴女《あなた》です、会長！　俺、杉崎だし！」

「……ふん」

あ、ぐれた。ぷいっと横を向いてしまっている。……完全にへそをまげたな。素《す》で接《せっ》してさえくれないなんて、相当不機嫌《ふきげん》だぞ、こりゃあ。

まあしかし、今回ばかりは俺もご機嫌取りには走らない。決めたんだ。今日はもう、徹《てっ》底抗戦《ていこうせん》すると。いつもデレてくれない皆が悪いんだと、わからせるんだっ！

俺は、膝《ひざ》の上のエリスちゃんにニコッと笑いかけた。

「じゃあ、次はなにして遊ぼうか？」

「えっとね、えっとね。『かくれんぼ』」

「かくれんぼか……。でも、この狭《せま》い室内じゃとても……」

「ううん。『こころの、かくれんぼ』」

「なにその深そうな遊び！　なんか怖いから却下《きゃっか》！」

「じゃあ、じゃあ、『おにごっこ』！」

「それも、この狭い室内じゃ……」

「ううん。『よるの、おにごっこ』」

「なんかいやらしい！　子供がやっちゃいけない気がする！　っていうか、なんでいちいち妙な前置詞《ぜんちし》をつけるのっ、エリスちゃん！」

「ねーさまが、『おりじなりてぃがだいじ』っていつもいってるから」

「そ、そう……。他には、やりたいことある？」

「えとね……おにんぎょうあそび！」

「あ、それなら出来るね。でもお人形は……」

「エリス、もってるよー！」

　そういうと、エリスちゃんは自分のポシェットから、ちっちゃな人形を二つ取り出した。

　……俺はそれを見て……再《ふたた》び、汗《あせ》をダラダラかく。

「まずこれが、めいんの、マリーちゃん」

「うん、完全に萌《も》え魔法《まほう》少女フィギュアだよね。しかも、あろうことかダメージバージョン！　めっちゃ、服破《やぶ》けてますけど！　なんか、酷《ひど》い惨状《さんじょう》ですけど！」

「そして、これが、てきの、にしおかさん」

「西岡《にしおか》さん⁉って、なにこの脂《あぶら》ぎった気持ち悪いおっさんの人形！」

「ふたりは、てきどうし」

「服がボロボロの魔法少女の前に、なんか表情《ひょうじょう》のおかしい西岡さんの人形置かないでー！　すげぇいやな犯罪《はんざい》を想像《そうぞう》しちゃうよ！　むしろ、西岡さんも若干可哀想《じゃっかんかわいそう》だよ、この構図《こうず》！」

「『げへへ……マリー、かんねんしな』『いや……いやぁあああああ！』『ぐへへへへ……おまえがわるいんだぜ。おまえのそのけしからんふともが、わるいんだ』『やめてっ、やめてぇっ！』『うらむなら、しゃっきんのかたにおまえをうりとばした、ちちおやを、うらむんだな』『うう……ぐすぅ』」

「その設定《せってい》やめてぇえええええ！　エリスちゃん！　西岡さんをマリーちゃんに覆《おお》い被《かぶ》せないでっ！」

俺《おれ》は慌《あわ》てて西岡さんを回収《かいしゅう》する。マリーちゃん、救出！

「『はっ！　てんから、きょだいなてがでてきて、わたしをたすけてくれたわ！　わぁ！　かみは、いたんだわ！　おお、かみよ！　かみよぉぉ！』」

「まだ芝居《しばい》続くんだっ！　しかも、なんかメタ！　そして、魔法少女マリーちょっとおかしくなった！」

「……にーさま、にしおかさんのセリフ、やって」

「ええ……俺、西岡役、やだよ……」

「にーさま」

「うう……『げへへ……今回は巨大《きょだい》な手のせいで邪魔《じゃま》が入ったが、覚えておけ。マリー。お前は……お前のカラダは、ずっと俺のものだ……。ぐっへっへっへ！』」

「……キー君、サイテー」

ハッと気づくと、生徒会中から、めっちゃ白い目で見られていた。

「いやいやいやいやいや！　今のは、演技《えんぎ》ですって！　流れ、知ってるでしょう⁉」

「子供《こども》相手に、そんな設定で演技するなんて……キー君、どうかしてるわ」

「どうかしてるのは、知弦さんの方ですよ！　今までの会話、全部見てたでしょう！」

「キー君……変わってしまったわね」

「ええっ!?」

「そんな、現実《げんじつ》では実現できない幼女への性衝動《せいしょうどう》を、人形という擬態《ぎたい》を使って解消《かいしょう》するなんて……どこまで下劣《げれつ》なの、キー君。恥《はじ》を知りなさい」

「俺が恥を知る以前に、あんたが真実を知れ！　おかしいですから！　これ、おかしいですからっ！」

なんで、子供と微笑《ほほえ》ましく遊んでいるだけなのに、こうも嫌《きら》われるのか。嫉妬《しっと》どころか、もう、嫌悪《けんお》の域《いき》ですな、この生徒会。

しかしもうこうなったらどうしようもないので、俺は、エリスちゃんと遊び続ける。

「とりあえず、人形遊びはやめようか……」

「ええー。ここからがおもしろいのにー。……にしおかさんがね。しんやの、マリーのいえにしのびこんで、マリーをね――」

「説明しなくていいから！　っていうかなんなの、その鬱《うつ》ストーリー！」

「さいきんは、ひげきがこのまれるって、ねーさまが」

「……なんか俺、キミをこのまま藤堂家で生活させてはいけない気がしてきたよ」

「にーさまがそういうなら、エリス、およめにまいります」

「いや、そこまで言ってないから。どちらかというと、保護者《ほごしゃ》的な意味だからね」

「わかった。ほごしゃっていう、『てぃ』で、にーさまのおうちにまいります」

「そういう発言やめようよ！　俺、すっげぇ変態《へんたい》っぽいじゃん！」

ああ、周囲からビシビシ視線《しせん》が突《つ》き刺《さ》さっている！　もう、確認《かくにん》するのも怖《こわ》い！

とにかく、遊びを再開《さいかい》して気を逸《そ》らさないと！

「えっと、エリスちゃん！　しりとりでもしようか！」

「うん、いいよ。エリス、つよいよー！」

お、乗ってきてくれた。うむうむ。最初から、こういう健全な遊びをしていればよかったんだ。これなら、脱線《だっせん》も何もないだろう。

俺は、笑顔でしりとりを開始する。

「じゃあ、しりとりの、『り』から。『リス』」

「す……す……『すいさんかあるみにうむ』」

「え!?　よ、よく知ってるね、そんなの。あ、えと……じゃあ、『虫』」

「し……し……『しょうさんあるみにうむ』」

「!?　む……む……『鞭《むち》』」

「ち……。……『ちっかあるみにうむ』」

「⁉　え、いや、あの……。……く……。む、『無理』！」

「り……り……『りゅうさんあるみにうむ』」

「『ムース』！」

「……す……す……『すいそかあるみにうむ』」


「アルミニウム――――――――――――――――！」

俺は全力で叫《さけ》んだ。エリスちゃんが目をぱちくりとしている。

「強いよ！　強すぎるよ！　アルミニウムだけで戦うなんて、どんだけ強いんだよ、エリスちゃん！」

「そうかな。おねーちゃんとやると、いつもこんなかんじだよ？」

「どんな姉妹だよ！　そんなペースでやってたら、一生終わらないんじゃないの、その勝負！」

「え、しりとりって、おわるの？」

「ハイレベルすぎる――――――――――――――――！」

俺はガックリと肩《かた》を落とす。……こんな幼女《ようじょ》にしりとりでボロボロにされるなんて……ハーレム王を目指す男として、あまりに情《なさ》けなくはないか？

どんよりしていると、気を遣《つか》ってくれたのか、エリスちゃんが気まずそうに声をかけてきてくれた。

「えと……にーさま。もういっかいやろ？」

「う……。いいけど……アルミニウムは禁止《きんし》な」

「うん、そういうのは、エリス、もういわないよ」

「よ、よし……じゃ、もう一度」

俺は、仕切り直して、しりとりを再開する。

「また『しりとり』の『り』から……『リンス』」

「す……す……。『すにーかー』」

「お、普通《ふつう》。よし、えと……じゃあ、『かえで』」

「で……で……『でんげき』」

「ん。……微妙《びみょう》に気になるけど、まあいいや。『き』……『キス』」

「す……。……『すーぱーだっしゅ』」

「うん、エリスちゃん、わざとやってるでしょ？」

「？　エリス、わかんない」

「……いいけど。じゃあ……あえて……しゅ……『主婦《しゅふ》』」

「ふ……ふ……」

「エリスちゃん。ここで言うべきことは……分かっているよね？」

「ふ……あ！　『ふぁみつう』！」

「わざとか――――！　エリスちゃん！　そこは『富士見《ふじみ》』もしくは『ファンタジア』って言わなきゃ駄目《だめ》じゃん！　なんつうか、色々、駄目じゃん！」

「？　ふじみ？　ふぁんたじあ？　エリス、よくわかんない。たべもの？」

「う……いや、まあ、ごめん。わかんないならいいけど……いいけどさっ！」

流石《さすが》リリシアさんの妹。無意識《むいしき》なのに、なんか厳《きび》しいところついてくる。

しかし、しりとりは駄目だ。これも、続けたら俺が疲労《ひろう》するだけの気がする。

「でも、他に狭《せま》い場所で、子供《こども》と出来る遊びと言うと……」

「おままごと……」

「却下《きゃっか》」

「どーしてもなにも……。……エリスちゃん、やろうと思っていた設定《せってい》を言ってみ？」

「えと……おっとの、でぃーぶいになやむしゅふが、しんじゅうをはかろうとするんだけど、うまくいかなくて、さらにおっとのいかりをかい、たいへんなことに……」

「そういう風になると思ったからだよ！　キミの価値観《かちかん》は、ゴシップ好きのリリシアさんに毒されすぎてる！　そういう要素《ようそ》入る余地《よち》ある遊びは却下！」

「じゃあ、あやとり、やろー！」

「あやとり？　ごめん、俺、あんまりやり方わからな――」

「ぐねぐねうねうね……じゃじゃーん！『ぱーふぇくとじ○んぐ』」

「すごっ！　なにそれ！　どうやってんの⁉　アスキーアートみたいになってるよ⁉」

「うにょうにょ……じゃじゃーん！『ろ○うじーにょ』」

「リアルで怖《こわ》っ！　え、その曲線とか、どうなってんの⁉　指、どうなってんの⁉」

「そしてそして、おおわざ……じゃじゃーん！『うちゅう』！」

「うわぁー！　最早《もはや》俺の言葉では表現《ひょうげん》出来ないカタチ！　これが宇宙《うちゅう》！　涙《なみだ》が……涙がとまらない！　なんだこれ！　なんだこれ――――！」

「あやとり、たのしいね」

「楽しすぎるよ！　人類のレベルを超《こ》えた楽しさだよ、これ！　神々の遊戯《ゆうぎ》の域《いき》だよ！」

「つぎはねー……えっと、じゃんけんする？」

「いいけど……それだけ？　あんまり盛《も》り上がらないんじゃ……」

「げんていじゃんけん。ふねをかしきって、やる。まけたら、しゃっきんが……」

「そういうのはカ○ジさんに任《まか》せておこうね」

「じゃ、にらめっこしよ、にらめっこ」

「ああ、いいね。健全だ」

「いくよー！　あっぷっぷ！」

「あっぷっぷ！」

俺とエリスちゃんは、お互《たが》いちょっと顔を歪《ゆが》めて、にらめっこを開始する。

「…………」

「…………」

勝負がつかない。今気づいたが、ちょっと顔が近い。俺の膝《ひざ》の上にいるから当然なんだけど。ガッチリお互いの目をみているため、なんか、気になる。

「…………」

「…………」

なんか、エリスちゃんの頬《ほお》が赤くなってきた。そ、そんな風に照れられると、幼女《ようじょ》相手とはいえ、俺もなんだか照れて……。

「……もしもし、警察《けいさつ》ですか」

「誰《だれ》だっ！　通報《つうほう》してんの誰だよっ！　やめろよ！　俺とエリスちゃんは、そんなんじゃねーよ！」

「あ、にーさま、まけー！　エリスのかちー！」

「あ、いや、今のは……」

「ということで、にーさまは、じんぞうをとられます」

「だから、そんな賭博黙示録《とばくもくしろく》的な設定を勝手に加えるのはやめようよ！」

「……先輩《せんぱい》、楽しそうですね。真冬……くやしいです！」

「そんなザブン○ル的反応《はんのう》しないでも！　っていうか、これ、楽しそうか⁉」

それをキッカケに、メンバー全員からグチグチと文句《もんく》を言われ始める。それでもエリスちゃんは相変わらずきゃっきゃと楽しそうに笑っているし。

なんだか、生徒会が混沌《こんとん》してきた。いつも通りと言えばいつも通りだが、俺への風当たりが強すぎる。いつも扱《あつか》いは酷《ひど》いけど……いつものが殴打《おうだ》的攻撃《こうげき》だとすれば、今日のは刃《は》物《もの》的攻撃とでもいうのだろうか。ちょっと鋭《するど》すぎて、痛《いた》さの性質《せいしつ》が違《ちが》う。

「杉崎……いつまで、エリスちゃんと遊んでいるの？　生徒会室は、いつから、託児所《たくじしょ》になったんでしょうねぇ」

「う……それは……」

なにも言い返せない。会長のくせに、正論《せいろん》すぎる。

しかし、エリスちゃんが、会長を反抗《はんこう》的に睨《にら》み返した。

「かいちょさん……やっぱり、いじわるだ」

「わがままな子供《こども》は、怒《おこ》られて、とーぜんなんだよ！」

「むー！」

「うー！」

バチバチと二人の間に火花が散る。そうして、不穏《ふおん》な空気が最高潮《さいこうちょう》に達し、俺が冷や汗《あせ》をダラダラ流し始めた、その時。

《コンコン》

実によいタイミングで、生徒会室の戸がノックされた。俺はしめたとばかりに、「はーい！」と即座《そくざ》に挨拶《あいさつ》を返す。すると、「失礼しますわ」の声とともにゆっくりと戸が開かれ、金髪《きんぱつ》の女生徒……エリスちゃんの姉である、リリシアさんが入室してきた。

「ねーさま！」

エリスちゃんが、俺《おれ》の膝《ひざ》の上に座《すわ》ったまま笑顔《えがお》を浮《う》かべる。

リリシアさんは、俺達には普段《ふだん》全く見せない優《やさ》しい笑顔でエリスちゃんに微笑《ほほえ》み返した。

「エリス。待たせましたわね。迎《むか》えに来ましたわよ」

「えー。エリス、にーさまともっとあそびたーい！」

「わがまま言いませんの、エリス。もう遅《おそ》いですし、帰りますわよ」

そう言いながら、リリシアさんは俺達の方へと歩を進めてくる。会長が「ちょっと！　部外者が生徒会室に勝手に――」とか文句《もんく》を言っていたけど、そんなものは一切《いっさい》耳に入ってないようだ。

俺の方へと、ツカツカと迷《まよ》い無く近づいてくる。

「迷惑《めいわく》かけましたわね、杉崎鍵」

「い、いえ……俺も、楽しかったですから」

「にーさまとエリス、らぶらぶだったもんねー！」

「あ……ああ、そうだね」

そう言った途端《とたん》、また生徒会中から矢のような視線《しせん》。……嫉妬《しっと》を嬉《うれ》しがっている時期が、俺にもありました。

リリシアさんが、如実《にょじつ》に嫌悪《けんお》感を顕《あらわ》す。

「杉崎鍵……貴方《あなた》もしや、わたくしの妹まで毒牙《どくが》に……」

「……どんだけ信用無いんですか、俺……」

「そうだよ、ねーさま！　エリスとにーさまは、どういのうえだもん！」

「いや、その発言もやめようね、エリスちゃん」

リリシアさんにすげー白い目で見られました。

「……まあ、いいですわ。懐《なつ》いているのは事実のようですし。少なくとも、エリスは楽しい時間を過《す》ごせたみたいですから、一応《いちおう》礼は言っておきますわ、杉崎鍵」

「あ、いえ。俺も楽しかったですから——」

と言うも、今度は生徒会メンバー達から再度《さいど》ビシビシと攻撃的な視線。どうしろと。俺に、どうしろと。

リリシアさんに促《うなが》され、エリスちゃんはしぶしぶ俺の膝から降《お》りる。……ロリじゃないと言い張《は》ってきたけど、やっぱり、ちょっとだけ寂《さび》しく感じてしまった。

エリスちゃんはリリシアさんと手を繋《つな》ぐと、もう一方の手を俺に振《ふ》る。

「ばいばい、にーさま！　また、あそんでね！」

「うん、ばいばい、エリスちゃん。またあそぼうね」

俺も手を振り返す。そして、エリスちゃんは生徒会の皆にも、手を振った。

「えと……ばいばい、こわい、おばさんたち」


世界に、ヒビが入った。


ガクガクガクガクガク。

『ば……ばいばい、エリスちゃん』

全員が、ひきつった表情《ひょうじょう》で、手を振り返す。ああ……ああっ！　あれは、暴《あば》れ出すのを必死に抑《おさ》えている人達の表情だ！　頑張《がんば》れ、理性！　負けるな、理性！

リリシアさんが、エリスちゃんの手を引き、歩き出す。そして去り際《ぎわ》、俺の方に一度振り向き……。

「一応、ありがとうございましたですわ。一つ借りですわね。いずれ、返させて貰《もら》いますわ。では、ごきげんよう」

「ばいばーい！」

二人は、戸を閉《し》めて去っていく。……きゃっきゃと、廊下《ろうか》からエリスちゃんのはしゃぐ声が生徒会室まで届《とど》いていた。それを、ただただ、俺は、じっと聞く。……なぜそんな音に敏感《びんかん》なのかというと……生徒会室が、怖《こわ》いほどの無音だからである。恐《おそ》ろしいほどの、静寂《せいじゃく》に満たされているからである。

……やばい。さっきから俺の中でアラートが鳴りっぱなしだ。ドラ○エで言えば、HP表示《ひょうじ》が全員赤い状態《じょうたい》。メタル○アソリッドで言えば、発見されてわらわら兵士が集まってきている最中の状態。ウルト○マンで言えば、胸《むね》がぴこんぴこん鳴っているのに、まだ全然敵《てき》を倒《たお》せる目処《めど》が立ってないような状況《じょうきょう》。つまり……。

『おばさん……ねぇ』

「ひぃ！」

ここは、猛獣《もうじゅう》の檻《おり》。

＊

とあるICレコーダーの記録

「さて、エリス。ちゃんとミッションは達成してきましたかしら？」

「うん、ねーさま！　ちゃんと、あいしーれこーだーに、せーとかいのようす、きろく、してきたよー！」

「偉《えら》いですわね、エリス。これで、次の新聞のネタができましたわ。それにあの空気を見る限《かぎ》り、ちゃんと上手《うま》く振る舞《ま》ったようですわね」

「うん。せーとかい、すごく、ぴりぴりーってしてたよ！」

「目論《もくろ》み通りですわ。これで次の新聞の見出しは、『生徒会の隠《かく》された実態《じったい》！　ロリコン男と、嫉妬《しっと》に狂《くる》う女達！』に決定ですわね」

「たのしみー！」

「……まあ、エリスがここまでゴシップ好きになってしまったのには若干責任《じゃっかんせきにん》を感じないでもないですが。ところで、エリス。杉崎鍵に懐《なつ》くのが手っ取り早いと指示《しじ》したとはいえ、随分《ずいぶん》、気に入った様子でしたわね？」

「うん！　エリス、ほんとににーさますきー！」

「そうなんですの。意外でしたわね。基本《きほん》的に彼、初対面の女子からは嫌《きら》われる性質《せいしつ》ですのに」

「……にーさま、たぶん、エリスがわざとせーとかいしつにきたの、わかってたとおもうよ」

「え？」

「でも、にーさま、なにもいわないで、エリスとあそんでくれた。だから、にーさまは、すごく、やさしくて、いいひと！　エリス、にーさま、すき！」

「……そうですか。まったく。相変わらずずるい男ですわ……もう」

「ねーさまも、にーさますき？」

「な……。そ、そんなはず、ありませんわ！　なにを言い出すのやら……」

「ねーさま、かお、あかい」

「っ！　あ！　まだICレコーダー切ってないじゃありませんか！」

「ねーさまとにーさま、けっこんしたら、エリス、うれしい！」

「っぅ！　いいかげんになさいませ！　ほら、レコーダー出しなさい、エリス！」

「く、くすぐったいよぅ、ねーさま！」

記録、終了《しゅうりょう》。

【副会長男】

とあるHPの地方掲示板《けいじばん》ログ

スレッド名　モテるためには……

キー《唐突《とうとつ》だけど、現在《げんざい》俺は『一流の男』になるために奮闘《ふんとう》しています。でも、どういう風に自分を磨《みが》けばいいのか、よく分かりません。何かいいアイデア、ありませんでしょうか？　ここは人数少ないけど誠実《せいじつ》な人ばかりみたいなので、まったり進行していけたらいいなぁと思います》

スレ立てより、一分後

ユキ《通報《つうほう》しますた》

キー《なんで⁉》
ユキ《いや、なんとなく》
キー《俺の生活、なんとなくで乱《みだ》さないでくれます⁉》
ユキ《申し訳《わけ》ございませんでしたｗｗｗｗｗ》
キー《笑うなっ！》
ユキ《今時珍《めずら》しいぐらい、全力でレスする人だなぁ》
キー《……もういいです。ここで相談した俺が馬鹿《ばか》だった》
ユキ《ごめんごめん。ちゃんと相談に乗るよ。正直ここ、自分ぐらいしか住人いないし、暇《ひま》だったんだ。で、モテたい……だっけ？》
キー《……まあ、そうですが》
ユキ《ちなみに、今は自分を磨くためになにやっている？》
キー《とりあえずエロゲです》
ユキ《スレ主、乙《おつ》！　また次も楽しみにしてるぜ！》

キー《去るなっ！　っつうかエロゲ馬鹿にすんなっ！》
ユキ《スレ主、正気か？》
キー《…………。……だからこそ、相談しに来てんだろうが》
ユキ《OK理解《りかい》した。スレ主には、相談相手が必要だ》
キー《なんかそのニュアンスは気になるが、サンキュ》
ユキ《うむ。じゃあ早速《さっそく》だけど……元も子もないこと言えば、一番重要なのはやっぱり外見だと思うぞ》
キー《本気で元も子もないな》
ユキ《スレ主のスペックは？》
キー《んー、どうだろう。この道を志《こころざ》すまで、あんまり改めて考えてなかったからな……》
ユキ《スレ主は恵《めぐ》まれているな》
キー《なんで？》
ユキ《そういうの気にしなくていい生活してきたってことだろ？》
キー《あー……。そうかも。元カノも、幼馴染《おさななじ》みだったから着飾《きかざ》らなかったもんな》
ユキ《……待て。彼女いたのか？》
キー《うん、いたよ》

ユキ《いや、それもう、なんか、スレ主にスレ主の資格《しかく》無い気が》
キー《でも、結構《けっこう》手ひどくふられているし。キスもしてないし。前述《ぜんじゅつ》した通り、幼馴染みだから、容姿《ようし》がどうこうでもなかったし》
ユキ《……まあいい。で？　スレ主は結局、ストリートフ○イターのブラ○カっぽいということでFA？》
キー《どこからそうなったんだよ！　違《ちげ》ぇよ！　ブ○ンカじゃねぇよ！》
ユキ《じゃあサンギ○フ？　エド○ンド本田《ほんだ》？》
キー《なんでそのラインナップなんだよ！　同じ格《かく》ゲーなら、せめてギル○ィギアのメンバーとかで喩《たと》えてくれよ！》
ユキ《ｗｗｗｗｗ（爆）》
キー《大爆笑《だいばくしょう》しないでくれる⁉》
ユキ《ちなみに、スーパー○リオキャラで喩えると誰《だれ》？　パックンフ○ワー？》
キー《パッ○ンフラワーに似《に》てる人間ってなんだよ！　っていうか、そもそもマリオキャラじゃとても喩えられねぇし！》
ユキ《モンハンの敵《てき》で喩えると、ラン○スタ？》
キー《だから、ゲームのチョイスがおかしいんだよ！　っつうか俺《おれ》虫ケラかっ！》

ユキ《しつこくまとわりついてくるとこなんか、そっくり》
キー《酷《ひど》い言われよう！》
ユキ《ごめんごめん。じゃあ……『遥《はる》か○る時空の中で』で喩えると誰？》
キー《美青年になったけどハードル滅茶苦茶《めちゃくちゃ》上昇《じょうしょう》しましたよねぇ!?》
ユキ《わくわく》
キー《ごめんなさい！　無理です！　その期待、重いです！》
ユキ《仕方ないなぁ。じゃあもう、ゲームに喩えなくてもいいよ》
キー《なんか譲歩《じょうほ》されたみたいになっているけど、それが普通《ふつう》だよね》
ユキ《で？　今のところ自分の中じゃブ○ンカでイメージされてるんだが》
キー《そのイメージは今すぐ捨《す》てろ。で、俺の容姿だが……身長はそこそこ。ちょっと痩《や》せ形だが、貧弱《ひんじゃく》というわけでもない。基本《きほん》的な顔の造形《ぞうけい》はいいはず》
ユキ《つまり、スティーブン・○ガールでOKと》
キー《濃《こい》っ！　いや、そういうタイプの『いい造形』じゃないから！》
ユキ《面倒臭《めんどうくさ》いなぁ。とりあえず、顔で引かれるようなタイプではないと》
キー《ああ。アニメや海外の俳優《はいゆう》持ち出されるとアレだけど、少なくとも今の日本でいう『カッコイイ』から極端《きょくたん》に外れては、ないと思う》

ユキ《自信ありありだね》
キー《まあな。『一流の男』になろうって時に、必要以上に自分を卑下《ひげ》していてもしゃあないなとは覚悟《かくご》している》
ユキ《……へぇ。なんとなくだけど、スレ主にはモテる才能《さいのう》みたいなの、ありそうだね》
キー《ふふふ、全《すべ》てはエロゲから学んだことさっ！》
ユキ《……恐《おそ》ろしいほどの非《ひ》モテの才能も持ち合わせている、希有《けう》な人だね》
キー《とにかく。そろそろ本題に入ろうや。どうしたら、モテるのか》
ユキ《そうだね。まあ基本的な中身がそこそこいいっていうのなら、まずはファッションに拘《こだわ》るのもいいんじゃないかな。世の中の『イケメン』と呼《よ》ばれる人なんて、正直、髪型《かみがた》とファッションによるところが八割《わり》ぐらいだと思うよ》
キー《それはそうかもな。ということは、俺もカッコイイ髪型と服を手に入れればいいんだな？》
ユキ《そうだね。とりあえず、美容室行っておいでよ》
キー《美容室か……。……俺、普段床屋《ふだんとこや》だったから、なんかかなりハードル高いんだが、美容室。女性《じょせい》のものってイメージだし》
ユキ《そう？　でも、今はそうも言ってられないでしょ》

キー《う……確《たし》かに。仕方ない。恥《は》ずかしいけど、行ってくる。……あ、ちなみにどんな髪型がいいんだ？》
ユキ《そうだね……よし、今から自分が画像《がぞう》うPするから、それをそのまま印刷して美容室に持っていくんだ！》
キー《OK了解《りょうかい》した！　それは助かるぜ！》
ユキ《あ、そうだ、自分で画像は見ない方がいいよ。カッコいい人の写真だから、見ちゃうと、持ってくの恥ずかしくなると思う》
キー《なるほど！　それはそうだな！　ありがとう、ユキ！　よっしゃ、ちょっくら美容室行ってくるぜぇ――――！》

数時間後

キー《帰還《きかん》しますた》
ユキ《キタ――――――――！》
キー《……そこまで盛《も》り上がってたっけ、このスレ》
ユキ《うん、自演《じえん》でめっちゃ盛り上げておいた。ここ、連続投稿《とうこう》ありだから》

キー《なに寂《さび》しいことしてんだよ！　って、うわ、凄《すご》い数のレスがっ！　ユキのみで！》
ユキ《今後もスレ主が席を離《はな》れる度《たび》にやっていくつもりさ。……意外と早く1000埋《う》まるかもね、このスレ》
キー《そんな不毛なことやめろよ……。とにかく、美容室行ってきたぞ。……ああ、行ってきたさ……》
ユキ《詳細《しょうさい》よろ》
キー《詳細よろ……じゃ、ねぇえええええええええええええええええええ！》

ユキ《じゃ、報告《ほうこく》よろ》
キー《そういう問題じゃねえ！　なんだよこれ！　なんで俺、『アフロ』なんだよ！》
ユキ《スレ主の決断力《けつだんりょく》には敬服《けいふく》するばかりだ》
キー《俺はこんな思い切った決断した覚えはねえ！　バイト疲《づか》れのせいで、写真渡《わた》してから後はずっと寝《ね》てたら……起きた時には大惨事《だいさんじ》だったわ！》
ユキ《よし、次はファンキーなダンスを覚えよう》
キー《お前は俺をどういうキャラにする気だ！　はぁ。……直るかなぁ、これ》

ユキ《一応《いちおう》画像には『最新技術《ぎじゅつ》！　お試《ため》しインスタントアフロ！』っていう手法が書いてあったから、大丈夫《だいじょうぶ》だと思うぞ。……美容師《びようし》さんがそれをやってなかったらアウトだけど》
キー《くそ……お前を信じた俺が馬鹿《ばか》だった！》
ユキ《何を言うのやら。これでキミは、モテ男の階段《かいだん》を一歩上ったのだー》
キー《具志堅《ぐしけん》○高の階段の間違《まちが》いだろ！　アフロがモテるってかっ！》
ユキ《アフロ馬鹿にしちゃいけない。根強い人気》
キー《そりゃそうだけどっ！　少なくとも、学校では禁止《きんし》だろ、これ！》
ユキ《……それは盲点《もうてん》だった》
キー《アフロ＝モテるの発想の方が盲点だわっ！》
ユキ《まあやってしまったものは仕方ない。前向きに考えていくとしよう。ふぅ》
キー《なんで俺が勝手にやったみたいな空気なの!?》
ユキ《とりあえず、次は服だよ、服。ファッションによっては、アフロの似合《にあ》うワイルドな男が完成する可能性《かのうせい》もある》
キー《む……それは一理ある。確かに、アフロの有名人は、突《つ》き抜《ぬ》けていて逆《ぎゃく》にカッコイイ人もいるからな》

ユキ《よし、ここは自分が、ファッションもまとめてプロデュースしてあげよう》
キー《……いや、遠慮《えんりょ》しておく》
ユキ《?》
キー《お前に任《まか》せたら、ろくなことにならん。もう、自分で選ぶ》
ユキ《……ふぅ。これだからアフロは》
キー《アフロ馬鹿にすんなっ! っつうかこれお前の指示《しじ》だから!》
ユキ《じゃあ聞くけど、スレ主には、アフロに似合うファッションを正確《せいかく》に選ぶ自信があるのかな?》
キー《く……そ、それは……》
ユキ《ここは、むしろアフロを提案《ていあん》した自分にこそ、任《まか》せた方が得策《とくさく》というものじゃないかな》
キー《……むぅ。まあ、髪型《かみがた》と違って服装《ふくそう》は駄目《だめ》ならすぐ変えられるしな。よし、分かった。もう一度だけ、お前を信じよう》
ユキ《よしきた。そうとなれば、早速《さっそく》ネット通販《つうはん》で注文しておいてあげよう》
キー《? 注文しとく? 俺の住所とか色々知らないだろ、お前……》
ユキ《あ、大丈夫。既《すで》にキミのアカウントは確認済《かくにんず》みだから》

キー《ネット犯罪怖《はんざいこえ》え―――――――――――!》
ユキ《冗談《じょうだん》冗談。アフロのお詫《わ》びに服は奢《おご》るから、届《とど》け先だけ晒《さら》して》
キー《掲示板《けいじばん》で住所晒すのかよ……》
ユキ《じゃあ、こっちのメールアドレス晒すから、そこに送って》
キー《うーん》
ユキ《……自分を信用出来ないと? ショックだわ……》
キー《言葉だけで俺を瞬《また》く間にアフロにしてしまった悪魔《あくま》を信じろと?》
ユキ《じゃあいいよっ! 自腹《じばら》で服買えばいいじゃん! ぷんぷん!》
キー《えー、逆《ぎゃく》ギレかよ。分かったよ、住所教えるよ。悪いヤツではなさそうだし》
ユキ《ククク……》
キー《え、その笑い声、書き込《こ》んで良かったの?》

数日後

キー《服、届《とど》きますた》
ユキ《詳細よろ》

キー《……詳細はテメェが一番よく知っているだろうが、こら》
ユキ《スレ主……いきなりキレ気味だな》
キー《そりゃアフロ男が『プラグ○ーツ』着て街歩けと言われたら怒《おこ》るわ！　エヴァパイロットでさえ、普段《ふだん》は着ないわ！》
ユキ《アフロが好きなスレ主なら、こういう一風変わったファッションがお好みだと思ったのだが……》
キー《今のレスのどこに気に入ったニュアンスがあったよ！》
ユキ《気に入ってくれたようでなにより》
キー《アフロは自分の意志《いし》じゃねえし！》
ユキ《でも、いい出来のコスだよ、それ。大事にしてくれ》
キー《そりゃコスプレとしては一級品だろうけど、これでモテ男には絶対《ぜったい》なれないだろう！　しかもなんでよりにもよってアス○バージョン！　俺男なのに！》
ユキ《アフロでア○カ……これが今流行のA2ファッションだ！》
キー《んな流行聞いたことねぇよ！　勝手に作ってんじゃねえ！》

ユキ《いやはや、スレ主のセンスには驚《おどろ》かされるばかりだな》
キー《驚いているのは俺の方だっ！　これ、どうすんだよ……はぁ……》
ユキ《まあ気に入らなかったら、部屋着にでもしてくれ》
キー《どんな日常《にちじょう》生活だ！》
ユキ《アフロのパイロットが部屋でパンを頬張《ほおば》っていたりすると、絵になる》
キー《シュールすぎるわっ！》
ユキ《とにかく、これでスレ主は、また一歩モテ男の階段《かいだん》を上った》
キー《というより、一般人《いっぱんじん》というカテゴリからまた一歩遠のいただけだろ、これ》
ユキ《よし。髪型《かみがた》、服と揃《そろ》ったからには、そろそろ実戦訓練に突入《とつにゅう》すべきではなかろうか》
キー《じ、実戦とな？》
ユキ《うむ。まさかお主、自分の条件《じょうけん》を整えただけで彼女が出来るとでも？》
キー《ぐ。そう言われると、そうだな。アフロで逆ナンを待つわけにもいかないわな》
ユキ《その通り。宝《たから》くじは買わなきゃ当たらないのだ。ふられるデメリットを恐《おそ》れて自ら動かないなど、ナンセンス！　モテる男の思想ではないわっ！》
キー《し、師匠《ししょう》！》
ユキ《分かったらゆけいっ、スレ主！　アフロとプラ○スーツを手に入れた今のお主なら

ば……かならずや、成果を出せるであろう！》
キー《分かったぜ、師匠！　俺……やってくる！》

半日後

キー《帰還《きかん》しますた》
ユキ《キタ――――……で？　こんなに時間かかったってことは、彼女ゲット？》
キー《…………。…………通報《つうほう》されますた。通行人に》
ユキ《…………》
キー《…………》
ユキ《では次の作戦だが……》
キー《他に言うことないかっ！　お前、俺に言うことないかっ！》
ユキ《乙《おつ》》
キー《乙で済《す》むかぁ――――――――――――――――――！》

ユキ《これに懲《こ》りたら、アフロがプラグス○ッでナンパなどしないことだ》
キー《誰《だれ》のせいだよ、誰の！》
ユキ《自分につけ込まれたスレ主の心の弱さのせいだな》
キー《それはそうだけどっ！　そうだけどさっ！》
ユキ《まあ機嫌《きげん》を直せ、スレ主。キミは今回、とてもいい体験をしたのだから》
キー《職務質問《しょくむしつもん》から署《しょ》に連行のコンボなんて、経験《けいけん》したくなかったわっ！》
ユキ《しかしこれでスレ主には、恐れるものなど何もなくなった！》
キー《大事なものも何か失ったけどねぇ！》
ユキ《取り調べのトラウマ……プライスレス》
キー《借金の方向でな！》
ユキ《しかし我が弟子《でし》よ、よく考えてみるのじゃ。アフロ＆プ○グスーッでナンパをし、署に連行までされた今となっては、普通《ふつう》の格好《かっこう》でナンパな発言をすることぐらい、既《すで》に抵抗《てい》《こう》がなくなっているはずじゃ（白く長い顎髭《あごひげ》を撫《な》でつつ）》
キー《！　た、確《たし》かにっ！　今までの俺《おれ》はまだどこかで中学の俺を捨《す》て切れてなかったが……ここまでの経験したら、もう、多少のエロ発言ぐらい、どうってことないって気分になってるぜ！》

ユキ《ふふふ……また一つ学んだようじゃな、我が弟子よ（慈愛《じあい》に満ちた表情《ひょうじょう》）》
キー《し、師匠！》
ユキ《では弟子よ。次の作戦を、そなたに授《さず》けようではないか》
キー《よ、よろしくお願いします！》
ユキ《うむ。それではまず、除毛《じょもう》クリームを全身に塗《ぬ》るのじゃ》
キー《分かりました！　早速《さっそく》買ってきて実行します！》

一時間後

キー《……作業終わりますた》
ユキ《詳細《しょうさい》を》
キー《つるっつるです！　なんか、致命《ちめい》的なほどつるっつるです！　頭はもじゃもじゃなのにっ！》
ユキ《うむ。スレ主はこれでまた一歩、モテ男に近づいたじゃろう》

キー《師匠！　なんか俺、また微妙《びみょう》に師匠が信じられなくなってきたのですがっ！》
ユキ《大丈夫《だいじょうぶ》じゃ。美少年に体毛なぞ必要なし！　女の子は皆《みな》そう思っておる！》
キー《そ、そうでしょうか。ワイルドな人が好きな人もいるんじゃ……》
ユキ《まあスレ主は元ブラ○カじゃしな》
キー《だから違《ちが》いますって！》
ユキ《どちらにせよ、今のスレ主のスペックじゃワイルドタイプになるのは難《むずか》しいじゃろう》
キー《まあそうですが》
ユキ《だから、美少年ルートを提案《ていあん》しているのじゃ。深い考えあってのことなのじゃ》
キー《……ならなぜ、アフロに……》
ユキ《……我が人生、最初で最後にして、最大の失敗であった》
キー《今失敗って言いましたよね⁉　俺のアフロ、失敗と認《みと》めましたよね⁉》
ユキ《よし、弟子よ。次はメンタル面を強化しようではないか》
キー《出来ればアフロショック《じょうきょう》の前に鍛《きた》えて欲《ほ》しかったです》
ユキ《モテ男は、いついかなる状況《じょうきょう》でも、余裕《よゆう》を見せなければいけないのじゃ。そういう意味では、アフロ程度《ていど》で慌《あわ》てふためくスレ主は、まだまだじゃな》

キー《く……》

ユキ《では早速特訓じゃ、スレ主！　なに、簡単《かんたん》なことじゃ。今から指定するとある喫茶《きっさ》店《てん》で、数時間過《す》ごせば簡単にメンタルは鍛えられる》

キー《喫茶店に行くだけですかっ！　それは便利だっ！　師匠《ししょう》、教えて下さい！》

ユキ《うむ。では、下記のサイトのマップを頼《たよ》りに、店に向かうのじゃ！》

キー《了解《りょうかい》！　行ってきます！》

五時間後

キー《帰還《きかん》しますた》

ユキ《報告《ほうこく》よろ》

キー《…………死にてぇ》

ユキ《む、心が折れておる》

キー《俺なんて……生まれてきちゃいけなかったんだ……皆《みんな》……俺が死ねばいいと思って

いるんだ……》
ユキ《スレ主、すっかり別のキャラになってしまってるな。最早《もはや》、さっきまで定着していた師弟設定《せってい》も成り立ってない》
キー《世界は俺を拒絶《きょぜつ》してるんだ……そうに違いないんだ……》
ユキ《スレ主……どうやら、漫画《まんが》やアニメの主人公にはあるまじき、『試練を乗り超《こ》えられず、死亡《しぼう》』という状況になってしまったらしいな》
キー《あんなのが……》
ユキ《ん？》
キー《ツンツン喫茶なんてものが、この世にあったなんて……》
ユキ《うむ。田舎《いなか》だからこその奇跡《きせき》だな。東京は秋葉原からメイド喫茶やツンデレ喫茶の文化が伝播《でんぱ》してくる過程《かてい》で、かなり歪《ゆが》んだらしい》
キー《それにしても、まさかあそこまで客をボロクソとは……》
ユキ《最後までデレないらしいからな、店員》
キー《入店した瞬間《しゅんかん》、店の女の子全員に「チッ」と舌打《したう》ちされた時点で、早くも俺の心は

折れたぜ……》
ユキ《驚異《きょうい》の客商売だ》
キー《そしてテーブルについても、そもそも店員が対応《たいおう》しに来ないんだぜ……。十回ほど呼《よ》んだら、ようやく、面倒《めんどう》そうに来てくれたけど……メニュー、床《ゆか》に放《ほう》られた》
ユキ《接客革命《せっきゃくかくめい》だな》
キー《もう余計《よけい》なことされたくなかったから、普通《ふつう》のコーヒーだけ頼《たの》んだら……「ああん？」って凄《すご》まれた。もっと高いもの頼めや、っていう空気出された。仕方なく、「カレーライス　ツンツン罵倒《ばとう》付き♪」を注文したんだけど……》
ユキ《チャレンジャーだな、スレ主》
キー《……カレー食《く》っている最中、常《つね》に罵倒され続けた。スプーンの持ち方がありえないから始まり、ぞろぞろ囲んで来た全《すべ》ての店員さんから矢継《やつ》ぎ早に——
「食い方が気持ち悪い」「お前に食われる米が憐《あわ》れだ」「もうその食器使えない～」「早く食って出てかないかな」「そもそもカレーを食うことがおこがましい」「タコのように自分の体食って循環《じゅんかん》してればいいのに」「っつうかそこまでして生きてなくていいのに」「なんで生まれたの？」「こいつが水飲むとか、マジ地球の資源《しげん》もったいねぇ」「なんか生ゴミ臭《くさ》くない？」「うける～。……存在《そんざい》が」「モザイクかけた方がいいよね？」「きもい」「きもい」「きもい」「きもい」「きもい」「きもい」「なまらきもい」

……涙《なみだ》でカレーがしょっぱかったぜ》

ユキ《……すまん、スレ主。それは想像《そうぞう》以上だ》

キー《カレー食い終わって出てこうとしたらしたで……「え、たったこれっぽっちの注文で出てくの？　ねえ、正気？　正気なの？」とか言われて……結局何時間も注文を繰《く》り返させられ……》

ユキ《………》

キー《流石《さすが》に心の限界《げんかい》を感じて会計に向かったら……。……六万だって》

ユキ《す、スレ主！》

キー《ははは……罵倒され続けて……六万だってさ。しがない高校生に、六万払《はら》えってさ。必死でバイトして稼《かせ》いだ今月の生活費……罵倒されただけで、すっからかんだってさ。あはは。そして出る時まで……「二度と来んな、この疫病神《やくびょうがみ》！」と塩まかれた》

ユキ《あれ、なんだろう。モニタが歪《ゆが》んでよく見えないよ……》

キー《……なあ、ユキ。俺……俺、頑張《がんば》ったよね？　キレなかったよ？　女の子相手だったから、最後まで、キレなかったよ、俺》
ユキ《す……スレ主ぃ―――――――――――――――――――――！　悪かった！　自分が悪かったぁ―――――！》
キー《ああ……もう、なにもかもが、どうでもいい……》
ユキ《！　つ、強くなってる！　悲惨《ひさん》にも、心がある意味強くなっている！》
キー《今考えれば……アフロとプラグスー○で通報《つうほう》されるぐらい、どうってことなかったよな……うん……》
ユキ《な、なんて境地《きょうち》に達しているんだ、スレ主！》
キー《俺分かったよ、ユキ。……今の俺なら……大抵《たいてい》のツン反応《はんのう》にはめげず、女の子にアタックを続けられそうだ。だって、俺なんて、生きているだけで、奇跡《きせき》なのだから》
ユキ《く……も、もう、スレ主に教えられることはなにもない！　スレ主は、もう、自分より遥《はる》か高みにいる！》
キー《世の全《すべ》ての女性《じょせい》に愛を》

ユキ《覚醒《かくせい》してる！　その心、もはや神の領域《りょういき》！　アガペー！》
キー《モテよう、なんておこがましかったんだ。そうじゃない。俺が、ただただ女性に尽《つ》くす。それだけで充分《じゅうぶん》じゃないか》
ユキ《ま、待つんだスレ主！　それは流石に可哀想《かわいそう》すぎる！》
キー《ありがとう、ユキ。ありがとう、女性。ありがとう、ツンツン喫茶《きっさ》》
ユキ《ツンツン喫茶にまで感謝《かんしゃ》!?　悟《さと》りを開きすぎだ、スレ主！》
キー《……そうさ。恋愛《れんあい》なんて、結局はどれだけ相手に尽くせるかじゃないか……》
ユキ《……それは違《ちが》うと思うよ、スレ主》
キー《？　ユキ？》
ユキ《悪いけど、これだけは真面目《まじめ》に言わせてもらうよ。……自分は本気の恋《こい》なんてまだ経験《けいけん》ないけど……でも、スレ主のその結論《けつろん》は違うと思う。そんなの恋愛じゃない。よく分からないけど……少なくとも自分は、そんな人と恋愛したいとは思わないよ》
キー《……どうして？》

ユキ《だって……なんか、悲しいよ、それ。常《つね》に相手のこと優先《ゆうせん》。自分の気持ちは晒《さら》さない。……それって……まるで、一周して他人同士じゃないか》

キー《…………》

ユキ《少なくとも自分は、お互《たが》いに自己主張《じこしゅちょう》ばっかりして、たまにケンカしても、最後には寄《よ》り添《そ》っていられる……そういう関係が、素敵《すてき》だなと思うよ》

キー《そう……かな。……いや、そう、なのかもな。そうだな。それが分かってなかったから……昔の俺達は、駄目《だめ》になってしまったのかもしれない》

ユキ《まあスレ主の詳《くわ》しい事情《じじょう》は知らないけどさ。スレ主はもっと、身勝手で押《お》しつけがましくてもいいんじゃないかな》

キー《変なアドバイス》

ユキ《あ、そうだね。ホントだ。うーん……》

キー《でも、正直今までで一番ガツンと心に来た。サンキュ、ユキ》

ユキ《……どういたしまして》

キー《さてっ！　そうと決まれば、こんなところで相談している場合じゃないな！》

ユキ《方針《ほうしん》は決まったかい？》
キー《ああ！》
ユキ《どうするの？》
キー《俺《おれ》は、自分の欲望《よくぼう》に忠実《ちゆうじつ》に生きながらも、他人を幸せに出来る男になる！》
ユキ《……そっか》
キー《よぉし！　そうとなれば、改めて生徒会役員目指すぞー！》
ユキ《生徒会役員？》
キー《ああ。今年の俺の目標なんだ。なんつーか、他人のこと幸せにしてやれる仕事が出来そうだろ、生徒会って》
ユキ《ああ……確《たし》かにそうだね。うん、それは、素敵な発想だね》
キー《だろだろ。実際《じつさい》、俺と同じ一年で生徒会役員やってる女子がいるんだけど……あいつ、すげぇーんだわ。あいつと肩並《かたなら》べられる男が、今の俺の目標》
ユキ《へぇー。……あ、そういえば、自分の姉も生徒会役員だ》
キー《そりゃ、優秀《ゆうしゆう》なお姉ちゃんだな》

ユキ《うん。自慢《じまん》のお姉ちゃんだね》
キー《……よし。俺も、自慢のお兄ちゃんになれるよう、頑張らないとっ》
ユキ《頑張れっ、です！》
キー《？　です？》
ユキ《……頑張れ！》
キー《ああ。じゃあ、ありがとな、ユキ！　色々助かったわ！》
ユキ《こちらこそ、楽しませて貰《もら》ったよ。……自分も色々迷《まよ》ってたけど……来年からの進路と目標、決めさせて貰ったよ》
キー《そっか。そりゃ良かった。じゃあ……またな。と言っても、もうここで会うことはないだろうけど》
ユキ《そうだね。お互い、ここで甘《あま》やかし合っている場合じゃなくなったしね》
キー《そういうこと。でも、同じ地域《ちいき》に住んでいるみたいだし、どこかで会えたら、その時はよろしくな、ユキ！》
ユキ《こちらこそ！　まあ、スレ主とは、お互い気づかなくても仲良くなれそうかも》
キー《ハハハ、そうだな》

ユキ《じゃあ……またいつか会える日を楽しみに！　スレ主、乙《おつ》でしたっ！》
キー《ああっ！　付き合ってくれて、サンキューな！　またな！》

このスレッドは1000を超《こ》えました。

【第四話〜決闘《けっとう》する生徒会〜】

「上質《じょうしつ》な遊びこそが、子供《こども》の脳《のう》を活性化《かっせいか》させるのよ！」

会長がいつものように小さな胸《むね》を張《は》ってなにかの本の受け売りを偉《えら》そうに語っていた。

掲《かか》げたその手には、なにやら、カードの束が握《にぎ》られている。……イヤな予感がしてくる。

まあ、会長の行動にイヤな予感を抱《いだ》かないことの方が少ないけれど。

案の定会長は、早速《さっそく》そのカードを話題にしてきた。


「ねんがんの、かーどげーむを、てにいれたぞ」


「なんでカタコトなんですか」

「というわけで、カードゲームよ、カードゲーム！」

「カードゲーム？　なんですか、今更《いまさら》。遊○王ですか？　デュエル・○スターズですか？　それともマジック・ザ・○ャザリング？」

「ふふん」

会長はそこで、なぜか鼻から息を漏《も》らし、更《さら》に胸を張った！

「碧陽《へきよう》学園カードゲーム、その名も、《デュエル・スチューデンツ》よ！」

「わ、考え得《う》る限《かぎ》り最悪の答えだった！」

またこの会長は勝手に……。メンバー達から、一斉《いっせい》にため息が漏れる。

いつものように額《ひたい》に手をやったまま、知弦《ちづる》さんが訊《たず》ねる。

「それどうしたの、アカちゃん。どう見ても、素人《しろうと》の手作りレベルじゃない質感《しつかん》のカードだけど……」

「うん、例の如《ごと》く富士見《ふじみ》書房《しょぼう》を唆《そその》かして、サンプル作らせた」

「最近すっかり富士見書房を自分の会社みたいに動かすわね、アカちゃん」

「そんなことないよ。こういう儲《もう》け話は、私も、富士見書房も幸せ。全然悪いこと、ないじゃない」

「儲ければ、ね」

知弦さんが盛大《せいだい》に嘆息《たんそく》する。そりゃそうだ。パッと見た感じでも、このサンプルを作るだけで結構《けっこう》なコストがかかっているのが分かる。これがサンプルだけで終われば、富士見書房にはデメリットしかない。

しかしまあ、いつものことだが、やってしまったことをグチグチ言っていても仕方ない。

深夏《みなつ》が、「ったく、どれどれ」と気怠《けだる》い様子で会長の前に置かれていたカードを一束手に取った。俺は深夏の方に顔を寄《よ》せて、一緒《いっしょ》にそれを覗《のぞ》き込《こ》む。

「『生徒カード』『二年A組』『女子』『木下《きのした》　洋子《ようこ》』……って、これ、実在《じつざい》の生徒じゃねーかっ！」

「うん、そうよ。碧陽学園のカードゲームだもん！」

「いや、駄目《だめ》だろこれ！　個人情報《こじんじょうほう》漏れまくりじゃん！」

「そのための、イラスト」

「確《たし》かに写真じゃなくてデフォルメされたイラストになっているのだけが救いだが……って、この絵、どっかで見たことあるような……。あ、こっちのカードも」

深夏の言うとおり、こういうイラストに詳《くわ》しくない俺でも見たことある画風のカードが、いくつも見受けられる。

会長は、「えへん」と腰《こし》に手をあててふんぞり返った。

「有名イラストレーターさんを大量に起用してみました」

「最早《もはや》やってることは大手カードゲームの域《いき》だなっ！」

どれだけコストがかかっているか想像《そうぞう》すると、震《ふる》えが止まらなかった。

「ちなみに、ラッ◯ンも描《か》いているんだよ。すごいでしょ、杉崎《すぎさき》」

「イルカの生徒とかいないですけど、うち」

「ゴッホにも依頼《いらい》したんだけど、返事が返ってこない」

「そりゃそうでしょうねぇ！」

「というわけで、基本的《きほん》には、現代《いま》を生きるイラストレーターさん達だよ」

「基本的にはってなんですか！　それ以外の選択肢《せんたくし》があるんですかっ！」

深夏がカードをザッと確認《かくにん》していく。……どれも、見たことある画風ばかりだった。こうしてライトノベルの業界に関《かか》わり、エロゲ・ギャルゲを趣味《しゅみ》とする俺から見れば、神にも等しいイラストレーターさんだらけのラインナップ。

俺と同様にそっちの方面に造詣《ぞうけい》の深い真冬《まふゆ》ちゃんが、並《なら》べられたカードを見て、若干《じゃっかん》青ざめた表情をしている。

「……な、なんでこんな仕事引き受けてくれたんでしょう……」

「そりゃあ、富士見書房には報酬《ほうしゅう》を弾《はず》むよう言っておいたからね！」

「ああっ！　もう、このプロジェクトは絶対《ぜったい》失敗出来ない段階《だんかい》に来てますね！」

「とにかく！　今日はこのサンプルを使って、早速《さっそく》遊んでみよー！」

会長は機嫌《きげん》よさげにそう宣言《せんげん》すると、俺達のカードを回収《かいしゅう》し、とんとんとデッキにして、自分の前に置いた。その横に、元から持っていたもう一つのデッキを置く。

「とりあえず、二つデッキあるから、これで対戦するよー」

「それはいいけど……アカちゃん、ルール分かるの？」

「任《まか》せて！」

会長は、胸《むね》をドンと叩《たた》く。……揺《ゆ》れないなぁ、胸。

「なんてったって、開発には私自ら関わっているからね！　バッチリだよ！」

「そう。果てしなく不安だけど、いいわ。それじゃあ、対戦するのは、アカちゃんと……キー君で、やってみる？」

知弦さんから提案《ていあん》を受け、「俺はオッケーですけど……」と会長の方を見る。彼女は、目をキュピーンと光らせていた。

「私もいいよ。……ふふふ、いつも馬鹿《ばか》にされてるけど、今日は、杉崎をぼっこぼこにしちゃうんだからっ！　日頃《ひごろ》の恨《うら》み、晴らすよ！」

なんか日頃から恨まれていたらしい。カードゲーム以前に、好きな人にそう思われているという事実が、俺に致命的《ちめい》な精神《せいしん》ダメージを与《あた》えたが、そんなことはお構《かま》いなしに事態《じたい》は進行する。

「じゃ、杉崎はこっちのデッキね」

そう言いつつ、会長がデッキの片方《かたほう》を渡《わた》してくる。さっき深夏が見ていた束の方だ。

……どうも作為《さくい》を感じないでもないが、全くルールを知らない以上、文句《もんく》の言いようもない。俺はそれを受け取ると、「で」と仕切り直した。

「これで、どうするんですか？」

「まず、デッキをシャッフルしてから五枚《まい》カードを引く。デッキは、右横あたりに置いておいて」

「はあ」

俺は言われた通り、シャッフルして五枚カードをドローする。なんか、たったこれだけのことなのに、本格的《ほんかく》にカードゲームっぽくなってきた。

会長も五枚引く。俺は、次の指示《しじ》を仰《あお》ぐことにした。

「えと、じゃあ、先攻後攻《せんこう》でも決めて、場にカードを出したりするんで——」

「特殊《とくしゅ》カード発動！　《会長権限《けんげん》》！　このカードは、引いた瞬間《しゅんかん》、勝ちである！」

『ええっ⁉』

全員が驚愕《きょうがく》する中、会長はペシッと場にカードを叩きつける。……とっても偉《えら》そうにふんぞり返った会長のイラストが描《えが》かれた、なんかキラキラ光るカードだった。

会長が、嬉《うれ》しそうに万歳《ばんざい》して告げる！

「ウィン！」

『まてまてまてまて！』

全員でツッコム！　俺が代表して、糾弾《きゅうだん》することにした。

「なにこのクソゲー！　全然ゲームになってないじゃないですかっ！」

「え？　なってるよ。杉崎、カードゲームには運も重要なんだよ？」

「重要すぎるわ！　完全に、そのカードが来るかどうかだけのゲームじゃないですかっ！」

「大丈夫。杉崎のデッキには入ってないから」

「余計《よけい》不公平だわ！　とにかく、このカード抜《ぬ》いて下さい！」

「ええー。仕方ないわね、一枚だけ抜いてあげる。まあ、私の五十枚あるデッキのうち、四十枚はこのカードだけど」

「どんなゲームだぁああああああああああああああああああ！」

俺《おれ》の絶叫《ぜっきょう》が生徒会室にこだまする。椎名《しいな》姉妹と知弦さんも、会長をジトッと睨《にら》んでいる。

流石《さすが》の会長もこの空気は察したようで、「分かったわよぅ」と口を尖《とが》らせてデッキを取り替《か》え始めた。カバンから、予備《よび》らしきカードを取り出してくる。

「仕方ないなぁ。……《会長権限》以外の残りの十枚は、そのまま流用してもいいよね？」

「……どんなカードかによります」

《会長権限》並《な》みのレア＆バランス崩壊《ほうかい》カードではたまらない。

会長はそのカードを一枚抜き出すと、ペラッとこちらに見せた。


「《死神》カード。引くと、相手が死ぬ」


「怖《こえ》ぇえええええええええええええええ!?　なにその呪《のろ》いのカード！」

すげぇリアルに描かれた死神が、鎌《かま》を掲《かか》げてこちらを笑いながら見つめていた！　ある意味、《会長権限》を遥《はる》かに凌駕《りょうが》するカードだ！

会長が、てへっと可愛《かわい》らしく笑う。

「入れちゃ……駄目《だめ》？」

「いやいやいや！　そればっかりは、可愛く言っても駄目ですから！　っていうか、そのカード、この世から抹消《まっしょう》すべきです！　被害者《ひがいしゃ》が出る前に！」

「ちっ……」

会長は舌打《したう》ちして、《死神》カードを省く。……よ、良かった。

「……こっそり一枚だけ……」

「めっ！」

「あぅ」

なんか、会長がペシっと知弦さんに手をはたかれていた。……また不正でもしようとしたのだろうか。

会長が新しいデッキを作成する間、椎名姉妹と俺は作戦を練ることにした。真冬ちゃんが、席を離《はな》れて俺と深夏の傍《そば》にやってくる。

「先輩《せんぱい》、これは、厳《きび》しい戦いになりそうですよ」

「ああ……分かってるよ、真冬ちゃん」

「どうせあの会長さんのことだ。《会長権限》と《死神》を封印《ふういん》したとはいえ、レアカードゴロゴロ入れてくるだろうぜ」

「だな……」

そう言いながら、俺は自分のデッキを確認《かくにん》してみる。……とりあえず、会長みたいにキラキラしたカードは一枚もなかった。それに基本的《きほん》に、言っちゃアレだけど、地味な生徒のカードばかりだ。生徒会役員や、二年B組、新聞部の面々、そういった濃《こ》い人材のカードは全く――

「あ、鍵《けん》。これ、お前のカードじゃね？」

「え？」

深夏に言われて、ハッと気づく、それは確《たし》かに、俺のカードだった。名前のところに《杉崎　鍵》と書かれている。しかし……。

「な、なんで絵がミジンコなんでしょうね。会長さんの悪意を感じます……」

「……そうだね」

もう、泣きそうだ。これ、結構《けっこう》なレベルのいじめじゃない？

「なになに、杉崎鍵。種族、ミジンコ」

「種族ってなに！」

「えと……本来なら、在籍《ざいせき》クラス書いてあるところが、鍵の場合だけ、ミジンコって……」

「どんだけ酷《ひで》ぇ扱《あつか》いなんだよ、俺！」

「ステータスは……体力1、攻撃力《こうげきりょく》は0、スピード2。特殊能力《のうりょく》は《人類共通の敵《てき》》。効《こう》果《か》は、《場に出た瞬間《しゅんかん》、敵味方問わず一斉《いっせい》に場の生徒達から攻撃を受ける》だと」

「集団《しゅうだん》リンチ⁉ めっちゃ嫌《きら》われてんじゃん、俺！」

不遇《ふぐう》すぎるカードだった。真冬ちゃんが苦笑《くしょう》する。

「実際《じっさい》のカードゲームだったら、確実に、『はずれ』の部類に入るカードですね……」

「酷すぎる……」

俺がすっかり落ち込《こ》んでいると、深夏が新たなカードを発見する。

「なんだこれ。妄想《もうそう》カード？……ふむふむ。ああ、普通《ふつう》のカードゲームで言うところの魔《ま》法《ほう》カードか。さっきの《会長権限《けんげん》》とか《死神》とかも、この部類っぽいな」

「なるほど。で、俺のデッキに入ってたのは、どんな効果の妄想カードなんだ？」

「えっとな……《BL祭り》。《場の男子の攻撃力が2下がる。椎名真冬が存在《そんざい》した場合、その攻撃力が10上がる》」

「ふ、不本意なカードです！」

真冬ちゃんが抗議《こうぎ》するも、しかし、俺と深夏は心の中で「現実《げんじつ》そのままの、いいカードだ……」と、感心していた。会長や俺に対する補正《ほせい》は無視《むし》出来ないものがあるが、どうやら基本はちゃんと現実に準拠《じゅんきょ》して出来たゲームらしい。……富士見書房《ふじみしょぼう》の良心か。

「できたー！」

種族／ミジンコ
0
変
杉崎鍵
●人類共通の敵
場に出た瞬間、敵味方問わず一斉に
他の生徒たちから攻撃を受ける
【体力】1 【攻撃力】0 【スピード】2
みじんこ…

そうこうしていると、会長の準備《じゅんび》が整った。真冬ちゃんはとぼとぼと自分の席に戻《もど》り、俺と会長はデッキをシャッフルし直した上で、ゲームを再開《さいかい》する。

「デュエル！　というわけで、まず、五枚《まい》引くよー」

俺と会長は、五枚ずつカードを引く。ここまでは、さっきと同じだ。

俺は、恐《おそ》る恐る会長に訊ねた。

「……いきなり終わりとか、もう、ないですよね？」

「うん、残念だけど、ないよ。普通に、ゲーム開始」

「ホッ。……で、ここからどうするんですか？」

「お互《たが》い、裏《うら》向きのまま場にカードを出す。生徒カード。これは、何枚出してもいい。妄想とかトラップとかは、手札から直接《ちょくせつ》、戦闘《せんとう》中に出すから」

「割《わり》とシンプルなんですね。じゃあ……えっと、これとこれを」

俺は、手札から二枚だけ生徒を選んで、裏返しのまま場に出す。会長もまた、二枚ほど場に提出《ていしゅつ》した。

「出そろったら、『デュエル！』のかけ声とともに、カードを表にする」

「じゃあ……」

俺と会長は息を合わせ、叫《さけ》ぶ！

『デュエル！』

………。……なんか、違《ちが》う物語の登場人物になった気がしてきたが、まあいい。

カードを表にすると、生徒カードの詳細《しょうさい》が明らかになった。まず、俺が出したのから。

重要な能力だけざっと記す。

『一年Ｆ組』『田中《たなか》　光《ひかる》』『体力２　攻撃力２　スピード２』『特殊《とくしゅ》能力なし』

『二年Ｄ組』『加藤《かとう》　敬二《けいじ》』『体力３　攻撃力１　スピード１』『特殊能力　相手が下級生の場合、攻撃力が２アップ』

らしい。基準《きじゅん》はよくわからないが、とりあえず可《か》も不可もなさそうなカードだろう。

対する会長のカードは……。

『三年Ａ組』『紅葉《あかば》　知弦』『体力２　攻撃力３　スピード４』……

ふむふむ、流石《さすが》知弦さん、能力値《のうりょくち》が高く設定《せってい》されているなぁ――

『特殊能力《女王の威圧《いあつ》》　場に出た瞬間、無条件《むじょうけん》に敵全員を撃破《げきは》』

「はい、この戦闘私の勝ちー。というわけで、残りは杉崎にダイレクトアタックー。知弦と、リリシアで攻撃ー」

「だから、ちょっと待って下さいって！」

「ここで更《さら》にリリシアの特殊能力《ゴシップ》が発動、彼女がダイレクトアタックする際《さい》、攻撃力《こうげきりょく》が三倍になるー！　彼女の元の攻撃力は2！　というわけで、なんだかんだで、知弦の攻撃力も合わせて、杉崎に9のダメージ！」

「いや、だから、このカードの強さ配分おかしいし、それ以前に、ルールの説明を――」

「杉崎、残りライフ1ー」

「何が!?　え、なんか分からないけど、もう俺ピンチっぽいですよねぇ!?」

「更にここで私は、手札から妄想《もうそう》カード《限界突破《げんかいとっぱ》》を使用！　私のライフが、一万底上げされる！　というわけで、私の合計ライフ、一万と十」

「ちょ、や、え、これ――」

「ここで更に妄想カード《没収《ぼっしゅう》》を使用！　杉崎のデッキが……」

「俺のデッキが？」

「全部、私のものになる！　ドーン！」

「ちょっと待て」

「ええっ!?　や、ちょ……デッキ持ってかれたー!」

会長の側のデッキが、こんもりとなっていた。……こっち、場の二枚はやられたし、なんだかんだで、残りは手札の三枚しかないよ!

「ここで更に更に、妄想カード使用!《絶対王政《ぜったいおうせい》》!　このカードにより、私はデッキから四枚カードをドローできる!」

「ええっ!?　ずっと会長のターン!?」

「四枚とって……よし!　更にここで妄想カード使用!《入学》!　これにより、このターン、もう一度場に生徒を召還《しょうかん》できる!」

「ええー!?　もう、ルールが分からない!」

「というわけで、手札から、出でよ、《椎名深夏》《椎名真冬》!」

「絶対強いですよねぇ、そのカード!」

今回は裏返し状態《じょうたい》で出さないらしい。場に、直接彼女達のカードが出てくる。

『二年B組』『椎名　深夏』『体力9　攻撃力9　スピード9』『特殊能力なし』

「あたし強ぇな、おい!」

深夏が叫《さけ》ぶ。確《たし》かに。純粋《じゅんすい》な最強キャラだった。特殊能力なんて小賢《こざか》しいものなしっていうところが、やたら男らしい！　俺《おれ》とは大違い！

一方、真冬ちゃんはと言えば……。

『一年C組』『椎名　真冬』『体力0　攻撃力0　スピード0』……

「弱っ！　真冬、弱いですぅっ！」

へっぽこだった。へっぽこというか、カードとして成り立ってない気もする。体力0って……死んでるんじゃ？

しかし……。

『特殊能力《チート》一度の戦闘《せんとう》に限《かぎ》り、敵《てき》も味方も全《すべ》てのステータスを0〜9の間で好きなように書き換《か》える』

「つ、強すぎるぅうううううう！　まさにチート！　ゲームバランス完全崩壊《ほうかい》だ！」

生徒会役員は、全員、最強だった。俺だけか……俺だけが、ミジンコなのか。

負けを覚悟《かくご》して、がっくりとうなだれる。……俺、だって、こんな鬼《おに》みたいなやつら相手にして、なんか残りHP1らしいし。手札三枚《まい》だし。ぶっちゃけ、その手札も……ミジンコこと俺入ってたりする、役立たず手札だし。

未《いま》だにルールはよく把握《はあく》出来ないが、とりあえず、場に姉妹が出てきた以上、彼女らが俺に攻撃して……それで、終わりだろう。

俺の手札を使えば、まだ微妙《びみょう》に動きは出るけど……結局、大したことはできない。そもそも、この勝負はもう無理だ。素直《すなお》に諦《あきら》めて――

「キー君！　諦めたらそこで勝負は終わりよ！」

その時！　目の前から、俺に知弦さんの声が届《とど》く！　俺はハッと顔を上げた。

「知弦さん！」

「キー君！　負けないで！　諦めないのが……キー君じゃない！」

「知弦さん……俺、俺！」

なぜか熱血漫画《まんが》っぽくなった俺達のテンションに、椎名姉妹も参加してくる！

「先輩《せんぱい》！　真冬の……真冬の力、受け取って下さい！」

「あたしも！　あたしの力よ、鍵に届《とど》けぇー！」

「みんな！　力が……力が湧《わ》いてくる！　わかった！　俺、諦めないよ！」

俺達は今や、最終回のテンションだった！

俺は……会長に向かって、叫ぶ！

「これが、俺達の、友情《ゆうじょう》パワーだぁあああああ！　ドロー！」

「だから、ドローとか出来ないから。まだ私のターンだし、杉崎、デッキないし」

「ノォォォオオオオ！」

俺は、結局がっくりとうなだれる。深夏が隣《となり》で、「ま、そうだよな」とすっかりいつもの様子に戻《もど》っていた。……くぅ。やはり、テンションで押《お》し切れるのは、漫画の世界のカードゲームだけだったか！　漫画作戦、失敗！

俺がすっかり、放心状態になっていると、会長が動く。ああ……トドメか。いいさ、もう、こんなゲーム……。

「ここでダイレクトアタック……と思いきや！」

「？」

会長がニヤリと微笑《ほほえ》み……手札から、カードを取り出す！

「椎名姉妹を生け贄《にえ》にして、会長の、桜野《さくらの》くりむを召還！」

『ええっ⁉』

姉妹が、揃《そろ》ってショックを受けていた。

場に、ドーンと……これまたキラキラした、《桜野くりむ》というカードが降臨《こうりん》する！

「あたし、なんのために出てきたんだよ！」

「真冬……生け贄になるためだけに、生まれてきた子だったんですか……」

二人の反発にもまったく耳を貸《か》さず、会長は「ふっふっふー」と笑う。

「とどめはやっぱり自分でささないとね！　見なさい、杉崎！　この……神の領域《りょういき》に達した能力値《のうりょくち》のカードを！」

「こ……これはっ！」

『神生徒』『桜野　くりむ』『体力∞　攻撃力《こうげきりょく》∞　スピード∞』『特殊《とくしゅ》能力《絶対神《ぜったいしん》》　人類の力は一切及《いっさいおよ》ばず！』

「もうなんでもありかー！」

なんだこのカードゲーム。バランス調整とか、ハナから放《ほう》り投げているらしい。

「ふっふっふー。さぁて、攻撃しちゃおうっかなー」

「く……」

会長におちょくられるとはっ！　俺は悔《くや》しさを噛《か》みしめ……悪あがきをするように、手札のカードを見た。……何度見ても、情《なさ》けないミジンコ、その他だけだ。

…………。

ちょっと待てよ。

「会長。冥土《めいど》の土産《みやげ》をもらっていいですか？」

「ふふふ、よかろう。冥土の土産……杉崎に与《あた》えられる日がくるとはね。くくく」

「このゲームの基本《きほん》ルールなんですが……プレイヤーは基本10のライフ？　があって、ダイレクトアタックだと、攻撃した生徒の攻撃力分、ダメージ食《く》らう感じですよね？」

「うむ。今私のＨＰは一万を超《こ》えてるけどね！　まあ端的《たんてき》に言って、遊戯《ゆうぎ》〇がベース！」

「本当にぶっちゃけやがりましたね。じゃあ……例えば、体力が１の生徒に、攻撃力２の生徒が攻撃したら、どうなるんです？　体力１の生徒がやられるだけ？」

「ううん、その場合は、余剰分《よじょうぶん》の攻撃力が、そのままプレイヤーへのダメージになるよ」

「なるほど、理解《りかい》しました」

「うむ。……では、最後に言い残しておきたいことはないかね」

会長が、小憎《こにく》たらしい笑みを浮《う》かべて俺に告げる。

対して俺は……あっさりと、言わせて貰《もら》うことにした。

「じゃ、最後に。手札からクソ妄想魔法《もうそうまほう》カード『寝取《ねと》られ』を発動。このカードは、自分の手札を一枚《まい》相手に渡さなければならないという、全く存在意義《そんざいいぎ》のわからない屈辱《くつじょく》的なカードです。そんなわけで、俺から会長に……ミジンコを進呈《しんてい》」

俺は自分と同名のカードを会長へと差し出す。会長はキョトンとしながらそれを受け取った。知弦さんが、嘆息《たんそく》して「悪あがきにもなってないわよ……キー君」と呟《つぶや》く。

「じゃあそういうことで、杉崎にトドメ――」

「待って下さい。まだやることとあります」

「まだあるの？　結果は変わらないんだから、早くして――」

「ここで最後の手札、妄想カード『出てこいや！』を使用。これは、敵《てき》の手札に生徒が居《い》る場合、場に強制的《きょうせい》に出させるという……自分の首をしめる、全く意味の分からないクズカードです。というわけで会長、場にミジンコ出して下さい」

「いいけど……なにこれ、意味が――」

そう言いかけたところで、会長の表情《ひょうじょう》が硬直《こうちょく》した。ぴとっと会長のカードの隣《となり》にミジンコと俺を置いて……そして、ガクガクと震《ふる》え出す。

みんなもまた、状況《じょうきょう》に気付いたようだ。真冬ちゃんが「まさか……」と口を押さえる中

……俺は、宣言《せんげん》する！

「ここでミジンコこと、杉崎鍵の特殊能力《人類共通の敵》発動！」

「ちょ、ちょっと待って！　私の……桜野くりむの特殊能力は《絶対神》！　人類の力は全《すべ》て及ばない……つまり、他の生徒の特殊能力もなにもかもをうけつけないはず――」

「甘いですね会長。俺は……杉崎鍵は……人類じゃない！　ミジンコだぁあああ！」

「な、なんですってぇえええええええええええええ！」

俺の衝撃的《しょうげき》な告白に、会長がのけぞる！　隣では深夏が「いまだかつて、自分がミジンコだという宣言をここまでカッコよく言った男がいたであろうか！」と興奮《こうふん》した様子で解説していた。

俺は……ふっと笑い、そして、告げる。

「特殊能力《人類共通の敵》発動！　場の生徒は敵味方問わず、杉崎鍵に全員が攻撃を仕《し》掛《か》ける！　つまり……」

そこまで言ったところで、真冬ちゃんが説明を引き継《つ》ぐ。

「《桜野くりむ》の∞の攻撃力で、先輩《せんぱい》……体力1しかないミジンコさんを攻撃！　しかも、ミジンコさんは現在《げんざい》会長さんの側のカード！　となれば……」

「余剰《よじょう》攻撃力分……つまり、アカちゃんに『∞マイナス1』のダメージが……通るわ。いくら一万以上HPがあったって……これでは……」

「ってぇことは……」

メンバー達が見守る中……俺は、会長に、告げる。

「俺の勝ちです、会長」

「いやぁああああああああああああああああああああ！」

絶叫《ぜっきょう》と共に会長が崩《くず》れ落ちる。机《つくえ》に顔を突《つ》っ伏《ぷ》し、「そんな、そんな……」と嗚咽《おえつ》を漏《も》らしていた。

俺はそんな会長の肩《かた》に手を置き……『主人公』の役目を全《まっと》うすべく、告げる。

「友情パワーの、勝利です」

「友情関係ないじゃない――――――――――――――――！」

「皆《みんな》の愛と、正義《せいぎ》が、俺を勝利へと導《みちび》いたのでしょう」

「だから、そういう問題じゃなかったよー！」

会長のその反論《はんろん》に、知弦さんが「まあそうよね」と苦笑《くしょう》する。

「でもアカちゃん。貴女《あなた》の敗因《はいいん》は、カードの強さに慢心《まんしん》を抱いて、クズカードを侮《あなど》ったことね」

「うっ！」

「椎名姉妹を出したときに普通《ふつう》に攻撃していれば、勝てたもの。あの時なら、キー君の特殊能力《しゅのうりょく》発動されても、一万以上被害《ひがい》でたりしなかったし。だから、キー君もあの時点ではなにもしなかったのだしね」

「あぅ……そんなぁ」

しくしくと泣く会長に、真冬ちゃんが「そうですよ、会長さん」と追い打ちをかける。

「世の中には、チェーンソーで一撃《いちげき》でやられてしまう神様もいるんですからねっ！」

「その喩《たと》えはよく分からないけど……悔《くや》しいぃぃ」

真冬ちゃんと会長のやりとりに、「でも」と知弦さんが続ける。

「そういう意味では、よく出来たゲームね。調子に乗った最強の権限《けんげん》を持つ人間を、一般《いっぱん》以下の個性《こせい》が凌駕《りょうが》するなんて」

「こんなゲーム性、望んでなかったよー！」

「でしょうね」

くすくすと知弦さんが笑う。そうこうしていると、俺の肩にぽんと深夏が手を置いてきた。

「よくやったな……鍵。あたし、感動したぜ」

「深夏……」

「いやぁ、最強存在《そんざい》を弱小能力で倒《たお》すっていう漫画《まんが》やラノベでありがちなことを、まさかリアルで目撃《もくげき》出来る日がくるとはな……」

「俺もびっくりだ。なにがびっくりって、漫画みたいに油断《ゆだん》して冥土《めいど》の土産《みやげ》とかくれる最強存在が本当にいたことにだが」

「ま、まあ、そうだな。鍵の実力というよりは……どちらかというと、会長さんの慢心の方が、この結果に至《いた》る大きな要因《よういん》だった気もするな」

「とはいえ、俺の機転も褒《ほ》めてくれ。同じ状況《じょうきょう》でも、あの戦術《せんじゅつ》が思いつくヤツは、なかなかいないだろう」

「ああ。……よし、この調子で、残響死滅《エコー・オブ・デス》も倒そうぜ、鍵！」

「……まだ諦《あきら》めてなかったんだ、その展開《てんかい》……」

椎名姉妹は相変わらずしつこかった。遂《つい》に五巻《かん》まで引っ張《ぱ》りましたか、そのネタ。

そうして、真冬ちゃんが場を締《し》めくくる。

「ゲームというのは、いつだって、油断した方が負けるのです」

「あぅ。駄目《だめ》人間の真冬ちゃんに上から言われると、余計《よけい》に傷《きず》つくよぅ」

「な、なんですか会長さん、その言いぐさは！　いいですか、会長さんはですねぇ――」

そのまま、真冬ちゃんによる会長への説教が始まってしまった。会長はしゅんとした様子で、それを聞き続けている。……傷口《きずぐち》に塩塗《ぬ》り込《こ》みまくってんなぁ、真冬ちゃん。

二人がそうしている間に、俺《おれ》はカードを一束にまとめながら、「で」と知弦さんに意見を求めることにした。

「結局これ、どうします？　本当に市販《しはん》するんですか？」

俺の質問《しつもん》に、知弦さんは軽く髪《かみ》をかき上げながら微《び》苦笑《くしょう》する。

「アカちゃんには悪いけど、やるにしてもこのままでは無理ね。いくらなんでも本名載《の》せるのはまずいでしょう。生徒会役員だけならまだしも」

「ですよね。でも、じゃあ、この企《き》画《かく》は中止に？」

「いえ。完全に中止にしてしまっては、富士見書房《ふじみしょぼう》にも申し訳《わけ》が立たないし……。まあ、なんらかのカタチで活《い》かせるようにはしましょう。イラストも、カードも」

そう言いながら、知弦さんはルーズリーフにメモを取る。その様子を見ながら、ふと、隣《となり》の深夏が疑問《ぎもん》を口にした。

「そういえば、知弦さんってカードゲームとか、そういう戦略系《せんりゃくけい》のゲーム得意そうだけど……あんまりやらないよな？」

「そうね」

「なんでやらねーんだ？　絶対《ぜったい》強いのに」

深夏のその純粋《じゅんすい》な疑問に……知弦さんは、少しだけ視線《しせん》を上げて、目をキラリと光らせた。

「だって、私がやったら、つまらなくなるわよ、そのゲーム。頂点《ちょうてん》決まっちゃうから」

『………』

相変わらず、なんでこんな普通の学園の一生徒に納《おさ》まっているのか謎《なぞ》すぎる人だった。

俺達がそんなやりとりをしていると、ふと、真冬ちゃんの説教を受け終えた会長が絶叫《ぜっきょう》する。

「もう、カードゲームやめたー！　こういうのは私に合わないのよ！　そもそも、強いカードが弱いカードに負けるっていうのが、なんか、納得《なっとく》いかない！」

「そんな、元も子もない……」

俺が嘆息《たんそく》気味に言うと、会長は完全に機嫌《きげん》を損《そこ》ねた様子で、俺につっかかってきた。

「戦略戦略って言うけど、現実《げんじつ》には強い人は強いし、弱い人は弱いもん！」

「そりゃそうですけど。状況によっては勝てるよ、という話じゃないですか」

「それがなんか気に食わないのよ！　格闘技《かくとうぎ》で勝負だーって言ってるのに、数学勝負を持ち出されて、負けたみたいなっ！　なんか、すっきりしない！」

「いやまあ、そうですけど、それがカードゲームの醍醐味《だいごみ》じゃないですか……」

「分かってる！　だから、私には合わないって言ってるの！」

会長は、ぷっくーと頬《ほお》を膨《ふく》らませていた。……まあ、言いたいことは分からないじゃないけど。そんな、子供《こども》じみた拗《す》ねられ方しましても。

しかし、驚《おどろ》くべきことに、「あたしもわかるなぁ」と深夏までそれに同意しだした。

「あたしなんかは、むかーしの、荒《あら》いルールのカードゲームが好きだったぜ、確《たし》かに。攻《こう》撃力《げきりょく》高いモンスター出したら、それで押《お》し切れちゃうような」

「ゲームとしては、不完全だろう」

「まあな。だからこれは、好き嫌《きら》いの話だ」

「弱いヤツが強いヤツに勝つの、好きだったんじゃないのかよ」

「うーん、それとこれとは話が別だな。なんつーか、爽快《そうかい》感の問題だ」

「ふぅん。……真冬ちゃんなんかは、ゲーム好きだから、逆《ぎゃく》っぽいよね？」

俺は真冬ちゃんに意見を求めてみる。しかし真冬ちゃんも、「うーん」とちょっと渋《しぶ》り気味だった。

「真冬、カードゲームはよく分からないですけど……。似《に》た喩えとしては、ネットゲームのバランス調整とか、一長一短に感じたりします。それと同じかもしれないですね」

「どういうこと？」

「ネットゲームって、普《ふ》通《つう》の市販のソフトと違《ちが》って、沢山《たくさん》の人達で遊ぶ上、ゲームを管理する方がいらっしゃるので、調整がちょくちょく入るんですよ。普通のゲームと違って。ええと……強すぎる武器《ぶき》を弱くしたり、ですね」

「それは、いいんじゃないの？　バランスがとれるんだから」

「勿論《もちろん》そうです。だけど真冬は、寂しく感じることもたまにあります。苦労して折角《せっかく》強い武器を手に入れて、それで遊んでたら、『それは強すぎるから禁止《きんし》』って言われるようなものですからね」

「そういうもんかなぁ」

エロゲばっかり遊んでいる自分としては、調整というと、誤字脱字《ごじだつじ》が修正《しゅうせい》されたりするパッチの方を連想するから、あんまりマイナスイメージないんだけど。

俺が腕《うで》を組んで唸《うな》っていると、その様子を見ていた知弦さんまで、意外なことを言い出した。

「確かに、アカちゃんの言うこともちょっと分かるわ。強い者は、弱い者に普通に勝ってほしいっていう」

「知弦さんまで。戦略好きでしょうに」

「そうなんだけどね。気持ちは分かるという話よ。例えば……そうね。キー君、今、真冬ちゃんと徒競走で勝負して負けたら、納得いかないでしょう？」

「そりゃそうですよ！　こんなゲーマーひきこもりへっぽこ少女に負けたら、俺、男として自信失いまくりですよ！」

俺の発言に、真冬ちゃんは「本当に先輩《せんぱい》は真冬のことが好きなんですよねぇ!?」とこちらを睨《にら》み付けてきていた。俺はそれを見なかったことにし、知弦さんの話の続きを聞く。

「そういうことなのよ、キー君。奇跡《きせき》の大逆転《だいぎゃくてん》もいいけど、まずは普通の結果ありきなのよね。言い方悪く言えば、カードゲームの世界では、『キー君に一服盛って足を遅《おそ》くして、真冬ちゃんが先にゴールしても、真冬ちゃんの勝ち』という話だから」

「ぬ、ぬぬぅ……真冬ちゃんめっ！」

「濡《ぬ》れ衣《ぎぬ》ですー！」

俺は真冬ちゃんのあまりの卑劣《ひれつ》さに、怒《いか》りを抱《いだ》いた。美少女でも、やっていいことと悪いことがあるっ！

「や、先輩、なんでそんな睨んでいるんですかっ⁉」

「ふんっ」

ぷいっと、真冬ちゃんから視線《しせん》を逸《そ》らす。彼女は「がーん」とショックを受けていた。

とまあ真冬ちゃんと俺のじゃれあいはさておき、先程《さきほど》の知弦さんの説明に、会長が「そうなのよ！」と便乗する。

「私は、そういう『なんでもあり』な汚《きたな》いやり方が、嫌《きら》いなのよ！　うん！」

「……いや、でも会長。それ言い出したら、最初に能力値《のうりよくち》を自分だけいじった会長が一番卑怯《ひきよう》なんじゃ……」

「…………」

「…………」

沈黙《ちんもく》。会長は汗《あせ》をダラダラ掻《か》き……そして、結論《けつろん》を曲げた。

「こうして遊びについて議論《ぎろん》することも、子供《こども》の発育にとって極《きわ》めて重要なことなのよ！　カードゲーム万歳《ばんざい》！」

『えええー』

「ま、まあ、もうちょっと調整は必要みたいだから、発売は、未定にしておくわ、うん」

会長はそう言いながら、そそくさとカードをしまう。……なんて、テキトーに生きている人なのだろう。そして……。

「子供の発育……ねぇ」

「鍵？　どうした？」

「いや、なんでも」

そう言いながら、カードをかき集めてせっせとカバンにしまう会長を見つめる。

……この人がこんなに子供なのは……容姿《ようし》だけじゃなく、中身がここまで純粋《じゅんすい》すぎるのは……未《いま》だに低レベルな遊びでも全力で楽しめるのは、もしかしたら……。

そう考えたところで、カードをしまい終わった会長が、「よしっ」と仕切り直してきた。

「さて、次はなにして遊ぶー？」

うっきうきと顔を輝《かがや》かせてそんなことを訊ねてくる会長。

……うん。彼女の背景《はいけい》とか、とりあえず、それ以前の問題が、あったな。

全員が……彼女以外の全メンバーが、押し黙《だま》ってしまっていた。そろそろ皆《みな》……我慢《がまん》の限界《げんかい》だったのだ。俺も、よく、ここまでツッコマずにいられたもんだ。自分で自分を褒《ほ》めてあげたい。

しかし……なにもわかってないらしい会長が、無邪気《むじゃき》に首を傾《かし》げる。

「？　あれ、みんな、どうしたの？　意見ないなら、次は、オリジナルゲームを作——」

『いい加減《かげん》、学校の仕事しましょうよ————————！』

碧陽学園生徒会。

実は金曜日現在《げんざい》……今週の仕事、未だまるで手つかず。

【第五話～泣ける生徒会～】

「胸《むね》を打つ物語に触《ふ》れてこそ、子供《こども》は成長していくのよ！」

会長がいつものように小さな胸を張《は》ってなにかの本の受け売りを偉《えら》そうに語っていた。

真冬《まふゆ》ちゃんがきょとんとそれに反応《はんのう》する。

「珍《めずら》しいですね。会長さんが、ちょっと大人なこと言ってます」

「ふっふーん。なめてもらっちゃあ困《こま》るよ、真冬ちゃん。私、気付いたんだよ」

「ＢＬの魅力《みりょく》にですか？」

「なんでよっ！　そんな伏線《ふくせん》、どこにもなかったじゃない！　そうじゃなくて、物語というものの重要さによ！」

「はぁ……漠然《ばくぜん》としてますねぇ」

真冬ちゃんは今ひとつ会長の話にピンと来てないようだ。真冬ちゃんだけじゃない。俺達もそうだった。

会長は、しかし自信満々な様子で続ける。

「思えば、私達の本……『生徒会の一存《いちぞん》』シリーズって、雑談《ざつだん》しているだけの気がしてきたのよ」

「え、今頃《いまごろ》気付いたんですかっ⁉」

俺は驚《おどろ》きのあまり声をあげるも、会長は全然反応《はんのう》してくれなかった。仕方なく、俺は一人でお茶をすする。……番茶うめぇー。

「でもやっぱり、物語って、感動するところがなきゃ駄目《だめ》だと思うのよね」

「そ、そんなの、五冊《さつ》も本出した後に言うことかよ……」

深夏《みなつ》も呆《あき》れかえっている。それでも会長は、自分だけで話を進めた。

「というわけで、今日は感動的な話をしたいと思います」

「びっくりするほどハードルの高いテーマを提示《ていじ》したわね、アカちゃん」

知弦《ちづる》さんの指摘《してき》に、会長はようやく反応した。

「別に、ハードル高くなんかないよ。泣ける話なんて、世の中、たぁくさん溢《あふ》れているじゃない」

「うーん、アカちゃんらしい慢心《まんしん》ね」

「そんなことないよ！　例えば……こほん。『ねずみのお母さんは、子供のために、自分の分のチーズも分け与《あた》えて、我《わ》が子を育てました。おしまい』」

「…………え？」

「……………………。……ひっく」

「泣いてる!?　アカちゃん、泣いてるの!?」

「自分で話して、自分で感動しちゃったよぅ」

「低いっ！　低いわっ！　アカちゃんの涙腺《るいせん》のハードル、すっごく低いわよ！」

「こういう風に、とにかく、今日はいい話を沢山《たくさん》するよー。これで、次の巻《かん》の煽《あお》り文は『感動で涙が止まりませんでした』とか、『百万人が涙した！　伝説のケータイ小説ついに文庫化！』みたいなのつけられるよ！」

「いや、ケータイ小説じゃあないでしょう……」

知弦さんは嘆息《たんそく》するも、しかし、それほど反対はしなかった。俺達《おれ》もすんなりと今日のテーマを受け容れる。なぜなら、被害《ひがい》が少なそうだからだ。生徒会室で、感動する話を持ち寄《よ》るだけなら、こんなに平和なことはない。

俺達の様子に会長は満足げに頷《うなず》き、そして、会議をスタートさせる。

「そんなわけで、今日は誰《だれ》かに死んで貰《もら》うよー！」

『はいはい。…………………………。………………ええええええええええええええええ⁉』

全員で一斉《いっせい》に絶叫《ぜっきょう》する。油断《ゆだん》した。油断したところを、後ろからやられた！

「な、なんですか、それ！」

真冬ちゃんが抗議《こうぎ》する。会長は、悪びれることもなく説明してきた。

「だって、やっぱり誰か死ぬと、感動するもん」

「そんな理由で人を殺さないで下さいっ！」

「世の中、結構《けっこう》そんな理由で、酷《ひど》い犯罪《はんざい》や死の話がたぁくさんだと思うよ」

「うっ」

妙《みょう》に真理をついてきやがった。真冬ちゃんも何も言えなくなる。代わりに、俺が抗議することにした。

「かといって、人殺しはですねぇ……」

「あ、無理に殺したりしないよ」

会長が、可愛《かわい》く、照れた様子で言う。俺はホッと胸をなで下ろした。お茶を一口飲む。

「そ、そうなんですか。そうですよね、それはジョーク……」

「病死がいいと思うもん！」

「そういう問題じゃねぇ――――――――――！」

この人には倫理観《りんりかん》というものが無いのだろうかっ！

「感動できる純愛《じゅんあい》には、病死がよく絡《から》みます。これを、『恋人病死感動の法則《ほうそく》』と呼《よ》びます」

「勝手な理論《りろん》を作らないで下さい！　っていうか、生徒会から病死者なんか出させませんよ！」

「読者を感動させるためには、やむをえまい」

「『やむをえまい』じゃねぇぇえ！　そもそも、人為《じんい》的に病気なんて――」

「あ、それは大丈夫《だいじょうぶ》。あのね、杉崎《すぎさき》のお茶だけね、前から……。……あ、いや、なんでもないョー」

「ぶっ！」

「わ、きちゃない！」

俺の吐《は》きだした茶が少し会長にかかりそうになり、彼女はパッと避《よ》ける。

「本当に汚《きたな》いのは、あんたの心だぁー！」

「し、失礼な！　なにを根拠《こんきょ》にっ！」

「俺のお茶に、毒物入れてたんでしょう!?」

「毒物？　そんなの入れないよ。私はただ、たまにビタミンC粉末を混入《こんにゅう》させていただけだよ！」

「え？」

「……くぅ。言ってしまったわ。杉崎を、ビタミンCの過剰摂取《かじょうせっしゅ》で病院送りにする計画が台無しになってしまった……」

「……そうなんですか」

どうりで最近肌《はだ》の調子がいいと思いました。

俺がすっかりくたくたになっていると、深夏がツッコミを代わってくれた。会長と深夏が向き合う。

「会長さん。物語に感動を盛《も》り込《こ》むのは、熱血の観点から言っても悪いことじゃねーけど……流石《さすが》に、殺しはやりすぎだろう」

「だから、殺さないって！」

「病死もだめだかんなっ！」

「そ、そうじゃなくてっ！　実際《じっさい》に殺すなんて、するわけないでしょ！」

「へ？　どういうことだ？」

会長の不思議な発言に、深夏が戸惑《とまど》っていた。俺達もわけがわからず会長の方を見る。

会長は……いつものように、胸《むね》を張《は》っていた。

「物語上でだけ、死ぬの！　本の『生徒会の一存』シリーズから、脱落《だつらく》！」

『それも駄目《だめ》ぇぇぇぇぇぇぇぇぇぇぇぇぇぇ！』

どちらにせよ酷《ひど》い発想だった。

「どうして？　実際に死ぬわけじゃないよ。本から、消えるだけだよ」

「新手のイジメじゃねーかよ。あれだ。あたしから言わせれば、それは、机《つくえ》の上に花瓶《かびん》置かれるような陰湿《いんしつ》さを感じるぞ」

深夏の言う通りだ。白羽の矢が当たった人は、たまったもんじゃない。

しかしそれでも会長は譲《ゆず》らなかった。

「それとは違《ちが》うよ！　見せ場があるってことだよ！　物語のキャラは、舞台《ぶたい》から去るときにこそ一番輝《かがや》くんだよ！」

「それは……。………………」

ふとそこで、今まで俺の代わりにツッコンでくれていた深夏が押《お》し黙《だま》る。いやな予感がして顔を覗《のぞ》き込むと、彼女は神妙《しんみょう》な顔で顎《あご》を撫《な》でていた。

「……そうかもしれねぇ」

「うぉい！」

深夏の肩《かた》を摑《つか》む。しかし……深夏はもう手遅《ておく》れだった。

「そういうことなら……あたし、死んでもいいかもしれねぇな。今後登場出来なくても
……別にデメリットねぇし。だったら……」

「おーい、深夏ー！　気をしっかりもて！」

「…………。……かばうか」

「誰を!?」

「すげぇ美味《おい》しい去り方だよな……『かばう』。他の登場人物の心に残り続けるし、ファン的にも結構納得《けっこうなっとく》いく最後だし、むしろそれによって神聖視《しんせいし》されることも……」

深夏の呟《つぶや》きに、会長が「うむうむ」と頷く。

「それを、『終わりよければ全《すべ》てよしの法則』と呼ぶんだよ」

「なんでも『法則』つければいいと思ったら大間違いですよ」

「よし、というわけで、第一案は、深夏が誰かをかばって倒《たお》れるということで」

会長がホワイトボードに、『深夏がかばう』と記す。

そうこうしていると、今度は真冬ちゃんが「はい」と挙手してきた。会長がそちらを振《ふ》り向く。

「なに、真冬ちゃん」

「そういうことだったら、真冬、死んじゃうばかりが感動じゃないと思います。もっと他にも、やりようがあると思うのです」

「ふむ。例えば？」

「例えば……なんらかの事故《じこ》で記憶《きおく》を失うとか」

「『記憶喪失《そうしつ》はラブコメにおける最高のスパイスなんだよー。の法則《ほうそく》』だね！」

「はい、そうです！」

「そうです、じゃねぇよ」

二人のやりとりに割《わ》り込む。しかし、二人は止まらなかった。

「真冬、記憶喪失になります！　そして、杉崎先輩《せんぱい》との蜜月《みつげつ》を全部忘《わす》れちゃうんです！」

「おお、いいね！」

「よくねぇよ。っていうか、そもそも蜜月なかったよ！」

俺の言葉はしかし、無視《むし》され続ける。

「切ないですねー。先輩は真冬を好きだ好きだと言うのに、記憶を失った真冬は、先輩を気持ち悪い人扱《あつか》いなのです！」

「それは泣けるね！」

「今も割とそんな感じですけどっ！」

泣ける。ヒロインが記憶を失っても大して変わらない、俺の現状《げんじょう》に。

「最後には記憶を取り戻すんですが、でも、時既《すで》に遅《おそ》く、その時先輩はもう……。……これは泣けます！」

「うん！『手遅《ておく》れって悲しいね……の法則』だね！　いけるよ！　泣けるよ！」

「いやいやいやいやいや！　いつの間にか犠牲者《ぎせいしゃ》が俺になってますけど!?」

「『常《つね》に杉崎は犠牲者の法則』だよ」

「そんな悲しい世界観を俺に提示《ていじ》するなぁ――――――――！」

あまりに理不尽《りふじん》なので、俺はいよいよキレる。本気の空気を察したのか、二人はようやくこの話題をやめてくれた。ぬらーっと俺から視線《しせん》を逸《そ》らす。

しかし……。

「そういうことなら、私もアイデアはあるわよ」

「知弦さん!?」

あろうことか、今日の生徒会の唯一《ゆいいつ》の良心と信じていた知弦さんまで、この話題にノってきた。途端《とたん》、会長が目を輝かせて知弦さんに応《おう》じる。

「どんなの、どんなの？」

「感動を誘《さそ》うものとして、アカちゃんはキャラの退場《たいじょう》、真冬ちゃんは記憶喪失を提案《ていあん》したけど……。結局のところ、大まかに言えば、悲劇《ひげき》にこそ感動は潜《ひそ》んでいる、ということよね」

「うん。『悲しいことは普通《ふつう》に泣けるの法則』だね」

それは法則なのだろうか。

「そういう意味では、死や病気以外にも、泣ける話は潜んでいるのよ」

「なるほどー。……えと、それで？」

「たとえばね」

知弦さんはピンと人差し指を立てると、俺達に『悲しくて泣ける話』を提示《ていじ》してきた。

＊

夕暮《ゆうぐ》れに染《そ》まる放課後の教室にて。俺……杉崎鍵一《けんいち》は、アイツを……幼馴染《おさななじ》みの千鶴子《ちづこ》を待っていた。

……告白を、行うために。

思っていたほど、緊張《きんちょう》はしていなかった。今日の朝……放課後教室に来てくれと千鶴子に切り出した時の方が、よっぽどドキドキしていた。しかし今は……告白本番直前の今は、どういうわけか、心の水面《みなも》は凪《な》いでいる。

安心しているからかもしれない、と思った。

これは普通の恋《こい》じゃない。小さい頃《ころ》からずっと一緒《いっしょ》にいた、千鶴子との恋だから。

両親が仕事で家を空けがちだった幼少期《ようしょうき》。千鶴子はいつだって、部屋の窓《まど》から……隣接《りんせつ》してぴたりとくっついた部屋の窓から、俺の部屋に上がり込んできては、寂《さび》しくて泣きそうになっていた俺を笑顔《えがお》にしてくれた。

小学校に入って、殆《ほとん》どの男子と女子が別々に行動するようになってからも、千鶴子はずっと俺の傍《そば》に居てくれて、ひやかされたって、全然気にしないで俺と遊んでくれた。

だけど、千鶴子のお母さんが亡《な》くなった、あの時。初めて元気の無い千鶴子を見た、あの時。俺は、子供《こども》ながらに千鶴子の支《ささ》えになることを決めた。自分が支えて貰《もら》った分を返す、なんて生温《なまぬる》い感情《かんじょう》じゃなくて。なにがなんでも、千鶴子を支える。どんな時でも、千鶴子に笑顔をあげたい。千鶴子が笑顔じゃなきゃ、意味がない。そう、思って。

だからというわけでもないけれど、それからも俺と千鶴子はずっと一緒だった。

中学の時には、脱衣所で遭遇《そうぐう》してしばらく気まずくなっちゃったりとかもあったし。

俺《おれ》がラブレターを貰った時には、千鶴子がすっかりむくれちゃって、口をきいてくれなかったりとかもあったけれど。

そんな、なにもかもが、キラキラした思い出で。

そして今日……高校二年生の秋。


俺は、千鶴子に、告白する。


何かキッカケがあったわけではなかった。ただただ、単純《たんじゅん》に……気持ちが、溢《あふ》れた。

少しずつ、少しずつグラスに溜《た》まってきた水が、臨界点《りんかいてん》にきて。

告白しようと、思った。

幼馴染みのままでも、充分《じゅうぶん》幸せだった。千鶴子も、そうだと思う。だけど、俺は、アイツの彼氏になろうと思った。「彼氏」っていう肩書《かたが》きがある方が、千鶴子をより一層《いっそう》、堂々と幸せにしてやれると思ったし……そして、堂々と、アイツに好きと、毎日言えると思ったから。もう、俺も千鶴子も、気持ちを隠《かく》して、嫉妬《しっと》したり赤面したりするのは、卒業しようと思ったから。

だから……俺の心は今、驚《おどろ》く程《ほど》落ち着いていた。告白する、っていう心境《しんきょう》じゃない。

二人で次のステップに進むための、確認《かくにん》作業をする、という感じだろうか。

「け、鍵一……お待たせ」

気付くと、千鶴子が教室の戸を開けて、こちらにやってきていた。夕暮れに染まった教室で、二人きり、向かい合う。千鶴子の頰《ほお》がほんのりと赤く染まっているように見えるのは……夕日のせいだけでは、ないと思った。

「千鶴子……」

「鍵一……」

見つめ合う。俺達の間に、言葉はいらなかった。千鶴子も既《すで》に、俺が今日なぜここに呼《よ》び出したのかは……悟《さと》っているようだ。

だから俺は……。

余計《よけい》な言葉の一切《いっさい》をそぎ落とし。

その言葉を、告げた。

「好きだ。俺と、付き合ってく——」

「あ、ごめん。私、三日前から良介《りょうすけ》君と付き合っててさー。てへ☆」

「……へ？」

「いやぁ、今日もこれから、良介君とデートなんだよねー！　きゃっ！　もう、今から心《しん》臓《ぞう》ばっくばくで、顔も赤くなっちゃって、もう、どうしようって感じ！　ねえ、鍵一、大《だい》丈夫《じょうぶ》かな、顔、ほら、おかしくない？」

「え、あ、うん……。可愛《かわい》いと思うよ、うん……」

「そっかそっかぁー！　長年一緒の鍵一が言うんだから、間違《まちが》いないよね！」

「あー……うん」

「じゃ、隊長！　私、千鶴子、出陣致《しゅつじんいた》します！　今日は、出来れば最後までいっちゃいたいと思っている所存《しょぞん》でございます！」

「あ……そうなんだ。すっげ気合い入っているっつうか、ベタ惚《ぼ》れなんだ」

「世界一良介君が好きぃー！　いえぃ！」

「へー」

「じゃーね、鍵一！　鍵一も、変な告白ごっことかしてないで、さっさと本命の子に告っちゃうんだよ！」

「ウン、ボク、ガンバルー」

「ばいばーい！」

「ばいばーい」

千鶴子は、満面の笑み《え》で教室から去っていった。

俺は一人、ぽつんと残され……窓から、外を見る。

「…………」

……………………………………………………。

……………………………………………………。

「……………しょっぺ」

*

『泣けるぅ――――――――――――――――――――――!』

生徒会全員が号泣《ごうきゅう》だった。

「なにこれ！　人死んだりしないのに、なんでこんな泣けるの⁉　名前が俺とめっちゃ似《に》てるから⁉　似てるからなの⁉」

「いや、鍵！　あたしなんか、男じゃないし、鍵と一文字違いのヤツなんか不幸になればいいと思っているぐらいなのに、それでも涙《なみだ》が止まらねーぜ！」

「真冬も、BLにしか興味《きょうみ》なかったのに、これは……この恋愛話《れんあい》だけには、胸《むね》をずきゅんと打ち抜《ぬ》かれました！」

「これは……これはもう、なんの法則《ほうそく》なのか分からないけど、泣けるよぅー！」

会長が「うぇぇぇん！」と大号泣する。俺達もまた、しくしくとすすり泣き続けた。

知弦さんが一人、うふふと微笑《ほほえ》む。

「これは、『不意打ち気味のバッドエンドは泣けるの法則』よ、アカちゃん」

「な、なにそれ！　私の辞書にないよぅ、その法則！」

「なんだかんだ言ってアカちゃんは優《やさ》しいものね。救いようのないタイプの話は、アカちゃんの発想に無いでしょう」

「こんな話、私は絶対《ぜったい》作れないよぅー！　惨《むご》いよー！　惨すぎるよー！」

「あら、死が絡《から》むよりいいんじゃないかしら？」

「そういう問題じゃないよぅ！　うぅ！　なんか、物語の質《しつ》として、惨いんだよぉ！　鍵一君、幸せにしてあげてぇー！　お願いだから、幸せにしてあげてぇー！」

会長が知弦さんにすがりついて、えぐえぐと泣いている。俺も同じ気持ちだった。鍵一君に、幸福をあげたい！　創作《そうさく》と知りつつも、それでも、彼には幸せになってほしい！

知弦さんは「仕方ないわねぇ」と微笑むと、再《ふたた》び指をピンと立てた。

「では、後日談」

＊

ふられた。ふられた。ふられた。

ふらふらふらふらふら。

「危《あぶ》ないっ！」

「え」

ドガシャーン！

暗転。

目を覚ますとそこは病室。

「俺は……一体、なにを。いや、そもそも、俺は、誰《だれ》だ？」

こうして鍵一君は、一切《いっさい》の記《き》憶《おく》をなくし、新たな人生を歩みましたとさ。

＊

『泣けるぅ――――――――――――――――――――――――――！』

俺達は再び涙の嵐《あらし》に包まれる！

「あ、あら？　私としては、ハッピーエンドにしたつもりだったのだけれど……」

「どこがですかっ！　真冬ちゃんも提示《ていじ》した、記憶喪失《そうしつ》パターンじゃないですかっ！」

「全部すっきりして、良かったじゃない。この場合」

「よくないですよ！　うぅ……。しかもなんか、取って付けたようなテキトーな描《えが》き方だし！」

「だって、取って付けたもの、実際《じっさい》」

「そういう問題じゃなくて！　もっと、鍵一くんに誠意《せいい》を持って接《せっ》してやって下さいよ！」

「どれだけ創作キャラに入れ込《こ》んでいるのよ、キー君……」

「創作キャラだろうとなんだろうと関係ないんです！　俺は……俺はこの鍵一くんの不憫《ふびん》さには、耐《た》えられない！　涙が止まらない！」

「うーん、そうかしら」

『そうです！』

気付くと、俺だけじゃなく、知弦さん以外全員が前のめりになって抗議《こうぎ》していた。

知弦さんは頰《ほお》をぽりぽりかくと……一つ嘆息《たんそく》し、またまた、指をピンと立てる。

「じゃ、鍵一サーガ、ファイナル」

*

とある日の、とある場所。とある民家の、縁側《えんがわ》にて。

二人の老人が、仲むつまじく寄《よ》り添《そ》っていた。

「あれから六十年か……。なんだかんだ言って早かったもんですな、千鶴子ばあさんや」

「そうですねぇ、鍵一じいさん」

「あの頃《ころ》は、まさか、なんだかんだで結局結婚《けっこん》するとは、思ってなかったですなぁ」

「そうですねぇ、鍵一じいさん。なんだかんだで、結婚しましたねぇ」

「なんだかんだですなぁ」

「なんだかんだですねぇ」

「良かったですなぁ」

「良かったですねぇ」

二人の間に、沈黙《ちんもく》が訪《おとず》れる。

ふと、なにかを悟《さと》ったように、鍵一は口を開いた。

「千鶴子ばあさんや」

「なんですか、鍵一じいさん」

「なんだかんだ、あったのう」

「はい、ありましたねぇ」

「だけどな……千鶴子ばあさんや。わしは……わしの気持ちは、ずっと、ずっと、変わらなかったんじゃよ」

「鍵一じいさん？」

鍵一の肩《かた》が、ふらふらと揺《ゆ》れ始め、視線《しせん》の焦点《しょうてん》は宙《ちゅう》を彷徨《さまよ》い始める。

千鶴子が何かを察する中……鍵一は、穏《おだ》やかな瞳《ひとみ》で、告げた。

「ずっと、ずっと、わしは、千鶴子だけが、好きじゃったよ。いつだって、わしといないときも、千鶴子が幸せそうじゃったから……わしも、本当に、幸せな……人生じゃったよ」

そう告げて……鍵一は、すっと目を閉《と》じる。

「鍵一じいさん？……………。…………………」

千鶴子は、鍵一が既《すで》に息をしていないのを確認《かくにん》し……そして……。

太陽を見上げて。眩《まぶ》しさに目を細めた後。

ニヤリと、笑った。

「計画通り。これでこやつの財産《ざいさん》は、うちのもんじゃけえのぉ！　ひっひっひっひ！」

＊

『鍵一ぃいいいいいいいいいいいいいいいいいいい！』

全員、涙腺《るいせん》が完全に壊《こわ》れていた。

かつて……かつて、これほどまでに、誰かを憎《にく》く思ったことがあったろうか！

「許《ゆる》さねぇ……許さねぇぞ、千鶴子ぉおおおおおおおおおおおお！」

深夏が立ち上がっていた。俺も、悔《くや》しくて悔しくて、机《つくえ》を思いっきり叩《たた》く！

「そんなの……そんなのあるかよぉ！　鍵一……鍵一ぃいい！」

「真冬……真冬、もう、耐えられないです！　訴《うった》えます！　真冬は、千鶴子さんを、訴えますよ！　なんとしてでも、刑務所《けいむしょ》に入れてやるんですっ！」

「ひぐ、うぐ、えぐ、はぅぅぅ……」

会長なんか、もう、何も喋《しゃべ》れないぐらい泣いちゃっている。

この惨状《さんじょう》に……知弦さんは一人、引きつっていた。

「あ、あら……？　えと……あの、これ、凄《すご》いハッピーエンドのつもりだったのだけれど……」

『どこがだぁああああああああああああああああああああああ！』

「ひっ」

全員、鬼《おに》の形相で知弦さんを見つめる！　知弦さんは、完全に引きながらも、「だ、だって」と弁解《べんかい》を開始した。

「鍵一、なんだかんだで幸福に死んでいったじゃない。良かったじゃない」

「そうですけどっ！　そうなんですけどっ！　でも、千鶴子がっ！」

「千鶴子の企《たくら》みは、最後まで鍵一、知らなかったんだから、大丈夫《だいじょうぶ》よ。幸せよ、鍵一」

「違《ちが》うんです！　そういうことじゃないんです！　そういうことじゃ――」

「ちなみに千鶴子は、実は他に男がいて、そいつに貢《みつ》ぐために、鍵一の財産を狙《ねら》って近づいてきました」

「そんなサイドストーリー語らないでぇええええ！」

知弦さんの余計《よけい》な補足情報《ほそくじょうほう》で、生徒会室が再《ふたた》び嗚咽《おえつ》で満たされる。

「あら……どうも私の作る話は、皆と相性《あいしょう》が悪いようね」

「うぅ……鍵一、鍵一ぃ」

会長が、まるで実在《じつざい》の人物が死んだかのように、本気で泣きまくっていた。

流石《さすが》にまずいと思ったのか、知弦さんがフォローを入れてくる。

「だ、大丈夫よ、アカちゃん！」

「ひっく……うぅ……知弦ぅ？」

「実は鍵一君、千鶴子とはキスさえ出来てないから！」

「う、うわぁあああああああああああああああん！」

その余計な補足情報に、会長が更《さら》に泣きわめく！　それどころか、俺《おれ》と椎名《しいな》姉妹まで、声を出して泣き出してしまった。

深夏が、「どうして……どうして！」と知弦さんに詰《つ》め寄《よ》る！

「なんでだよっ！　結婚《けっこん》してたんじゃないのかよ！」

「あ、あら？　私としては、皆が千鶴子を憎く思っているようだから、良かれと思って付け足した要素《ようそ》だったのだけれど……」

「そういう問題じゃねぇんだよ！　なんて言ったらいいか分からねーけど……とにかく、そういう問題じゃねーんだ！　これじゃあ鍵一の人生、なんにも美味《おい》しいことなかったじゃねーかよ！」

「……既婚者《きこんしゃ》なのに童貞《どうてい》のまま老衰《ろうすい》で死亡《しぼう》。死後、財産全部奪取《だっしゅ》され、貢がれる」

「言うなぁあああああああああああああ！」

男の性的な部分には批判《ひはん》的な深夏でさえ、今は鍵一のために泣いていた。……男であり童貞街道爆進《かいどうばくしん》中の俺にしてみれば、もう、泣けるどころの騒《さわ》ぎではない。今の俺は、鍵一の幸福のためなら、腕《うで》の一本ぐらいくれてやるって勢いだ！

しかしそれでも知弦さんは、ピンと来てないようだった。

「ううん、純愛《じゅんあい》を捧《ささ》げて、自分の都合のいいように全《すべ》てを解釈《かいしゃく》して死んでいった、本当に幸福な男……とは、捉《とら》えられないかしら？」

「無理ですよ！　っていうか、だったら、裏《うら》の事情は俺達にも明かさないで欲《ほ》しかった！単純《たんじゅん》に、いい話で終わらせて欲しかった！」

「あら、裏の事情があるからこそ、余計、泣けていい話なんじゃない」

「あんたはどこまでドSなんだぁあああああああああああ！」

俺、正直、この人このまま攻略《こうりゃく》していいのか、すっごい躊躇《ためら》いが出てきたんですが。俺、鍵一君の人生をそのまま辿《たど》りそうな気がしてならないのですが。気のせいですよね、神様。

俺達のテンションに疲《つか》れたのか、知弦さんが話を切り替《か》える。

「とにかく、人に涙を流させるには、必ずしも物騒《ぶっそう》な話が必要ではないという話よ」

「いやいやいや、記憶喪失《きおくそうしつ》も死も悪意も悲劇《ひげき》も、全部全部盛《も》り込《こ》んであったじゃないですかっ、鍵一サーガ！」

「……まあ、それはそれとして」

「流されたっ！　鍵一、流されたっ！」

「生徒会の物語で読者を泣かせようと思ったら、生徒会には生徒会なりのやり方があるんじゃないかしら、という話をしたかったのよ」

「そんな話、あの悲しい鍵一サーガを語らなくても出来たじゃないですかっ！」

「まあそうなんだけどね」

知弦さんは苦笑《くしょう》する。……俺達も、ようやく涙《なみだ》を拭《ぬぐ》い、平静を取り戻した。今日の夜は全員、鍵一の夢《ゆめ》を見るだろうけど。

こほんと咳払《せきばら》いし、会長が話をまとめる。

「それで、生徒会らしく読者を泣かせるには、どうしたらいいのよ、結局」

そう問われ、全員が腕を組んで考え込んだ。

「やっぱり『かばう』だろう。死なななくても、大怪我《おおけが》ぐらいでも充分《じゅうぶん》だし」

「そんなの今時流行《はや》らないよ、お姉ちゃん。やっぱり時代は記憶喪失！　これに限《かぎ》ると真冬は思います！　死んだり、誰かが悪いわけじゃないから、余計切ないんです」

「そうかしら。そんな直接的《ちょくせつ》な悲劇《ひげき》よりは、鍵一サーガのような『悲哀《ひあい》』を漂《ただよ》わせるのが、優秀《ゆうしゅう》な泣かせ方だと思うけど」

「いやいや、ここは、俺が悲願である美少女ハーレムを形成し、読者に『良かったね』の涙を流させるのが、自然な流れというものでしょう」

それぞれが勝手なことを主張《しゅちょう》し始め、会長は「はぁ」と嘆息《たんそく》する。

「こうなったらやっぱり、誰かが登場人物紹介《しょうかい》から消えるしか……」

『それは駄目《だめ》』

そんないつも通りの会議に突入《とつにゅう》し、まるで結論《けつろん》が出ない。

数分間そんな状態《じょうたい》が続いた結果、しびれを切らした知弦さんが「とりあえずっ！」と場を仕切る。

「こんなことばっかり喋《しゃべ》っていても仕方ないわ。シリーズとしてどうするかはさておき、せめて今回の会議……今回の話ぐらい、感動的に締《し》めてみようじゃない。皆で、協力して」

「知弦……」

彼女の発案に、メンバー達は落ち着きを取り戻し、「そうだな……」とそれぞれ同意する。

そうして俺達は、一致《いっち》団結《だんけつ》して、この会議の締めにかかった。

＊

「皆《みんな》、伏《ふ》せろぉおおおおおおおおおおおお！」

深夏が唐突《とうとつ》に叫《さけ》ぶ！　俺達は、深夏以外一斉《いっせい》に机《つくえ》の下に伏せた。瞬間《しゅんかん》、『どぉぉおおん！』とまるで誰《だれ》かが口で言ったような爆発音《ばくはつおん》！

「ぐはぁ」

わざとらしく言い、深夏が机の上にバタンと上半身を倒《たお》れ込ませる。俺達が恐《おそ》る恐る机の下から顔を出すと……彼女は、死に際《ぎわ》に説明口調で全《すべ》てを語った。

「手榴弾《しゅりゅうだん》を投げ込まれて、危《あや》うく、生徒会が全滅《ぜんめつ》するところだったんだ……。それをあたしが、拾って、飲み込んで、体内で爆発させて、事なきを得たんだ……くふっ」

「み、深夏ぅ！」

会長が、完全な大根役者ながら、深夏に声をかける。深夏はしかし……満足した様子で、ゆっくりと、目を瞑《つぶ》っていった。

「皆……今まで、楽しかったぜぇ……。……かくり」

『深夏ぅうううううううううううううううう！』

生徒会室に絶叫《ぜっきょう》が響《ひび》き渡《わた》る。……なんてこった……なんてこった！　深夏が、深夏が死んでしまうなんて！　それも俺達をかばって！

俺達が悲しみに暮《く》れていると……ふと、新たな異変《いへん》が生徒会室に起こった！

「ふらーり」

「！　真冬ちゃん！」

真冬ちゃんが、なぜか口で「ふらーり」と前置きしながら倒れる。俺は、口で言っておいてくれたので、余裕《よゆう》を持って彼女を抱《だ》きとめられた。そして……俺の腕《うで》の中で、彼女は、

「ううん」と目を覚ます。

「ここはどこ……真冬は誰？」

「真冬ちゃん！　名前っ、名前！」

「あ。こほん……。ここはどこ……私は誰？」

「これは、記憶喪失ね」

なぜか知弦さんが、完璧《かんぺき》に状況《じょうきょう》を把握《はあく》し解説《かいせつ》し始める。

「真冬ちゃんは、姉の深夏が爆死してしまった精神《せいしん》的ショックで、キー君とのラブラブな日々を忘《わす》れてしまったのよ！」

「真冬ちゃん……。俺だよ、俺！　分からないのか⁉」

「きゃっ！　触《さわ》らないで下さいですぅ！」

パッと真冬ちゃんに体を弾《はじ》かれる！

「真冬ちゃん……そんな……」

と言いつつも、なんか、前からこんな扱《あつか》いなのでイマイチ悲劇感が——というのは嘘《うそ》で、とっても悲しい、元恋人たる俺なのだった。

「杉崎……元気出して」

「会長……」

会長に励《はげ》まされ、俺は、わざとらしく「うぅ」と嗚咽《おえつ》を漏《も》らす。会長はそんな俺の頭を、よしよしと撫《な》で続けて——

「く、くふっ！」

「か、会長!?」

突然《とつぜん》会長が、咳《せき》をして体を倒《たお》れこませてくる！　俺が慌《あわ》てて彼女の体を受け止めると

……会長は、ぜぇぜぇと息をしながら、何も言ってないのに説明を開始した。

「言ってなかったけど……杉崎。私、不治の病だったの……」

「な、なんだってー」

驚愕《きょうがく》だ！　ああ、驚愕さ！

「不治の病って……一体、なんの病気なんですか!?」

「な、なんの？　えと……あと……その、花粉症《かふんしょう》」

「花粉症!?　確《たし》かに厄介《やっかい》な病気ですけどっ！」

「うん……医者には、もう長くはもたないだろうって……こほっ」

「花粉症で!?　っていうか、じゃあ、咳でいいんですか？」

「……くしゅん」

急にくしゃみも始めた。

「とにかく、私は花粉症をこじらせて……もう……」

「か、会長ー！」

「アカちゃん！」

俺と知弦さんは、会長の手を握《にぎ》る！　真冬ちゃんはと言えば、彼女も駆《か》け寄《よ》ろうとしたものの、自分が記憶喪失《きおくそうしつ》という設定《せってい》を思い出して、踏《ふ》みとどまっていた。

そして……会長が、弱々しく、俺に最後の言葉を告げる。

「杉崎……私ずっと杉崎のことが……。……特に好きでも、なかったよ……。かくり」

「会長ぉおおおおおお！」

そんな微妙《びみょう》なこと言って死なないで欲《ほ》しかった！

俺達は、色んな意味で涙《なみだ》を流す！　流しまくる！

そうして、メンバーから二人の死者を出し、すっかり絶望《ぜつぼう》モードの生徒会室に、唐突《とうとつ》に、知弦さんの笑い声が響《ひび》き渡《わた》る。

「くく……あーはっはっはっは！」

「ち、知弦さん⁉」

急に悪い顔になった知弦さんに、俺《おれ》と真冬ちゃんは呆然《ぼうぜん》とする。

知弦さんは……ニヤリと顔を歪めた。

「実は、アカちゃんを花粉症にし、生徒会室に手榴弾《しゅりゅうだん》を投げ込《こ》んだのは……私だったのよ！」

『な、なんだってー』

俺と真冬ちゃんが驚愕する！

知弦さんは、誰にも問い詰《つ》められてないのに、勝手に背景《はいけい》を語り出した。

「そう……私は孤児《こじ》だったの。それで、なんだかんだとあって、皆が憎《にく》かったの」

「それは……悲しいことですね」

なぜか俺は完全に理解《りかい》を示《しめ》していた。知弦さんが、「キー君……」と潤《うる》んだ瞳《ひとみ》で俺を見つめる。

しかし、瞬間《しゅんかん》！

「うっ！」

「ち、知弦さぁーん！」

なぜか、知弦さんまでパタリと倒れる。まるで、どこかから狙撃《そげき》されたかのような挙動だった。

そして始まる……相変わらずの、死ぬ前の説明。

「ふ、不覚だったわ……。まさか、『組織《そしき》』に見張《みは》られていたなんて……ね」

「知弦さん、しっかりー！」

「もう……手遅《ておく》れです……」

なぜか記憶喪失の真冬ちゃんが判断《はんだん》する。見ただけで。しかし俺はそれをすんなり受け容《い》れ、知弦さんと最後の会話を交《か》わし始めた。

「知弦さん……なんで……」

「ようやく自分の過《あやま》ちに気づけたのに……やり直そうって、決めてたのに……。こんなのって……ないわよね……」

「知弦さん！」

悲哀《ひあい》に満ちた人生だ！　なんかそんな感じだ！

「これは……報《むく》い……なのかしら……」

「そんなことないよ！　そんなことないよ、知弦さん！」

「キー君……私、貴方《あなた》の腕《うで》の中で死ねて……。……特に、嬉《うれ》しくは、なかったわ。かくり」

「知弦さぁあああああん！」

そんなこと言って死なないでぇえええ！　俺、どういう顔すりゃいいのさ！

とにかく、そんなこんなで、生徒会メンバーは三人減《へ》り、そして、残ったのは俺と……

記憶を失った、真冬ちゃんだけだった。


しかし。

俺は、こんな悲劇《ひげき》を全《すべ》て乗り越《こ》え、今は、ハーレムで幸せに暮《く》らしています。


その理由は……これ！　幸運を呼《よ》ぶ『ハーレムストーン』！　これを持った途端《とたん》、お金や異性《いせい》があちらの方からどんどん舞《ま》い込んできちゃったんです！　信じられません！　今までの人生は、なんだったんだろうと思っています。これのおかげで、今俺は、真冬ちゃんを含《ふく》め、百人以上の美女達と、二百億で建てた豪邸《ごうてい》でとても幸福な日々を送っています。

それもこれも全部、この『ハーレムストーン』のおかげっ！　こんな御利益《ごりやく》のある石が、今ならなんと、たった三百五十万円で手に入ると言うじゃありませんかっ！

これは、買うしかない！　買う以外に、選択肢《せんたくし》はありえないですよ、お客さん！

あ、ちょ、お客さん！　行かないで！　これ、凄《すご》いんですって！　ホントですって！

や、ホントに、ホントですから！
え？　豪邸に暮らしているはずなのに、どうしてそんなみすぼらしい格好《かっこう》なのかって？
そ、それは……。……あ、待って、待って、お客さん！
全《すべ》てを失った俺には、もう、こんな生き方しか出来ないんですぅー！

＊

『………』
何も言わなくても、誰もが、察した。
とりあえず、泣けるという方向性は却下《きゃっか》していくことになりましたとさ。

【第六話〜仕事する生徒会〜】

「一生懸命《いっしょうけんめい》働いてこそ、得られるものもあるのよ！」

会長がいつものように小さな胸《むね》を張ってなにかの本の受け売りを偉《えら》そうに語っていた。

今日の生徒会室は、いつもより書類が散乱《さんらん》している。いよいよ近く迫《せま》ってきた学園祭に向けて、生徒会の仕事も普段《ふだん》とは比較《ひかく》にならないほど増量《ぞうりょう》中のためだ。

そんなわけで、今日の生徒会は、すっごくちゃんと働いている。いつも小説ではふざけた日常《にちじょう》ばかりをピックアップしてしまうが、たまにはこういうところも描《えが》いて、俺達の好感度を上げたいところなのだ。……いや、勿論《もちろん》、そういう邪《よこしま》な気持ちだけで働いているわけでもないのだが。

かくいう会長も、今日は流石《さすが》に妙《みょう》な活動や脱線《だっせん》をすることなく、名言を言い終わると書類の確認《かくにん》に着手し始めた。

「……うにゃあ。許可《きょか》申請《しんせい》、許可申請って……いちいち生徒会に確認求めてこないで欲しいよ……」

ぶつぶつ文句《もんく》を言いながら、なんかテキトーに「碧陽《へきよう》学園生徒会　公認」のスタンプ等をぺったんぺったん捺《お》していく会長。……まあ、隣《となり》で知弦《ちづる》さんがきっちり、眼鏡《めがね》を光らせてチェックしているから大丈夫《だいじょうぶ》だろう。ちなみに知弦さんは、こういう本格《ほんかく》的に忙《いそが》しい時等は、モードチェンジのためなのか、度の入ってない伊達《だて》眼鏡をかけたりする。俺に眼鏡属性《ぞくせい》は無いと思っていたが……いやはや、これはこれで、なかなか……。

「杉崎《すぎさき》、手が止まってるよ！　てきぱき働く！」

「はいはい」

会長に指摘《してき》されてしまったので、作業を再開《さいかい》する。俺の作業は、主に連絡《れんらく》作業だ。書類を眺《なが》めつつ、直接《ちょくせつ》通達するべきことがあれば、ケータイでその生徒に連絡を取る。ケータイの校内での使用は禁止《きんし》されているが、学園祭の準備《じゅんび》もさし迫った現在《げんざい》、そんなこと言っていたらどうにもならない局面が多い。それで効率《こうりつ》的に作業が動くなら、便利なものはなんでも活用していくべきなのだ。教師《きょうし》も、最低限《さいていげん》のマナーさえ守っていれば、誰《だれ》もこの辺は口うるさく言わないし。

「ほい、鍵《けん》。これ頼《たの》む」

「あいよ」

隣の深夏《みなつ》から書類を渡《わた》される。彼女は、会長が承認《しょうにん》すれば済《す》むものと、俺が直接対話した方が早い案件《あんけん》を書類の山から選別 抽出《ちゅうしゅつ》し、それぞれに仕事を振《ふ》り分けている。これはこれで、なかなか地味に重労働そうだ。

ちなみに今日は、こういう作業分担《ぶんたん》のこともあって、俺は専《もっぱ》ら深夏とばっかりやりとりしている。会長も知弦さんも真冬《まふゆ》ちゃんも自分の作業にかかりきりで、どうも俺の言葉に反応《はんのう》してくれないのだ。

とりあえず俺は渡された書類をザッと一読し、最後に書かれた「責任者《せきにんしゃ》」を確認してから、ケータイでその人物を検索《けんさく》する。……あった。

「しかし、お前、どんだけ知り合いいるんだよ……」

深夏が尊敬《そんけい》と呆《あき》れの半分半分のようなニュアンスで俺に尋《たず》ねてきた。俺は通話ボタンを押しながら、それに笑顔《えがお》で返す。

「流石《さすが》に全校生徒とはいかないけどな。そこそこ社交的なヤツのは網羅《もうら》してるんだよ。んで、こういうの『責任者』とか『リーダー』になるようなヤツってのは、大体、社交的な人種だ」

「なるほど」

深夏が作業に戻《もど》ったところで、こちらの電話にも反応があった。俺は早速《さっそく》仕事を開始する。

「おう、久《ひさ》しぶり。うん？　いや、俺だよ。……わかんない？　俺だって、俺、俺」

「名乗れよ」

隣の深夏がツッコンで来ていたが、俺はそのまま続ける。

「……うん、そう。息子《むすこ》の、タカシだよ！」

「⁉」

深夏がバッとこちらを向く。

「そう、そう。うん……風邪《かぜ》引いてて声が……。……うん。でさ、本題なんだけど、車ぶつけちゃってさ。うん。とりあえず、百万円ほど……」

「お前、何の電話してるんだ⁉」

「うん……そう。あ、そう？　悪いね！　ありがとう、助かるよ！　じゃあ、とりあえず今から銀行に向かってくれる？　うん」

「おい……鍵。お前、学園祭に向けての作業……してるんだよな？　そうだよな？」

俺は深夏を無視《むし》して、電話に喋《しゃべ》り続ける。

「は？　今日は無理？　いやいや、頼むよぉ。こちとら、怪我《けが》して困《こま》ってんだからさぁ」

「え、なにその急にガラ悪い態度《たいど》。って、おい、机《つくえ》に足のっけんなよ！　どうしたんだよ、お前！」

「そう。二百万」

「なんか金額《きんがく》上がってる⁉」

「じゃ、頼むわ。うん……ああ。…………。…………」

「…………」

「…………………ああ、俺も愛してる。おやすみ、マイケル」

「どういうこと⁉」

ピッと通話を終了《しゅうりょう》させる。そうして俺は、深夏に笑顔！

「さ、次の仕事をくれ！」

「お前、一体なんの仕事をしてんだよ！」

なんか怒《おこ》られた。

そうこうしていると、ノートパソコンに向かってカタカタやったまま、真冬ちゃんが声を上げてくる。

「二人とも、忙しいんですから、ちゃんと働いて下さいっ！」

真冬ちゃんに注意されてしまった。ちなみに彼女は、様々な案件の状況《じょうきょう》を逐一《ちくいち》入力して、現在の状況をまとめてくれている。

「俺は真面目《まじめ》に働いてんのに、深夏がなんかいちゃもんつけてくんだよ」

「いやいやいや！　明らかに学園祭と関係ない会話してたじゃねーか！　っていうか、振《ふ》り込《こ》め詐欺《さぎ》みたいなことしてたしっ！」

「俺はただ、演劇部《えんげきぶ》の部長相手に、ちょっと電話越しに練習付き合っただけだが？」

「あれ⁉　そんな案件だったっけ⁉」

「どうでもいいですから、二人とも、ちゃんと働いて下さいですっ！」

真冬ちゃんに再度《さいど》怒られてしまったので、深夏はどうも納得《なっとく》いかない様子ながらも、仕事に戻る。

そうして、再《ふたた》び、書類が俺のところに回ってくる。なぜか深夏は……厳《きび》しい目をしていた。

「今度の案件は、単なる予算の交渉《こうしょう》だからな。変な会話したら……分かるんだからな！」

「？　なんだよ。俺、ちゃんと働いてるって」

「……なら、いいんだが」

そう言いながらも、深夏は俺から目を離《はな》す様子が無い。

俺は嘆息《たんそく》しつつも……とりあえず、書類を確認《かくにん》し、作業にとりかかることにした。

ケータイを耳にあてがう。

「…………あ、河合《かわい》さん？　うん、そう、ちょっと使いすぎなお金の件」

「……今度はまともな会話のようだな……」

なんか深夏がホッとした様子だ。うん、良かった良かった。

俺《おれ》は、のびのびと作業を続けることにした。

「うん、そうだね。……それは厳《きび》しいなぁ。こっちにも、限度《げんど》ってものがあるしね」

「ちゃんと交渉してんな。よし、これであたしも自分の作業に――」

「……まあ、誠意次第《せいいしだい》だよね」

「⁉」

「病気？ んなの、こっちは知ったこっちゃぁないんだよ。貸《か》したもんは、返して貰《もら》わなきゃねぇ」

「お、おい……鍵？」

「はっ、責任転嫁《せきにんてんか》かよ！ 利子が高額《こうがく》だぁ？ 契約書《けいやくしょ》に判子《はんこ》捺したのは、お前の方だろうがっ！」

「な、なぁ。学園祭の話……なんだよな？ なんかすげえヒートアップしてっけど……」

「だからさぁ、前から言っているように、金で払《はら》えねぇなら、娘《むすめ》で勘弁《かんべん》してやるっつってんだよ」

「!?」

「誠意を見せてほしいよね、誠意を。げへ、げへへへへ」

「おい、鍵。今、お前から、少なくとも主人公は絶対《ぜったい》しないであろう発言を聞いた気がしたんだが……」

「……ああ、じゃ、そういうことで。……交渉成立だな」

「成立しちゃった!? しちゃったのか!?」

「げへ、げへ。楽しみにしてるよ……じゅるり」

「え、こいつ、本当にライトノベルの主人公?」

「………………この事件《じけん》が終わったら、ビールで乾杯《かんぱい》しようぜ、マイケル」

「またマイケル!?」

ピッと通話を終了する。気付くと、なぜか深夏が凄《すご》い形相で俺を見ていた。

「お、お前、何の電話してんだよ、さっきから！」

「？ なんの電話って……仕事の」

「学園祭じゃないだろう！ その『仕事』って、学園祭と関係ない仕事だろう！」

「なにを言ってるんだよ。俺、ちゃんとお前が渡《わた》してきた書類の責任者《せきにんしゃ》と……」

「マイケルじゃねぇかよ！　いっつも、なんか、海外の映画《えいが》みたいなやりとりして通話終わるじゃんかよ、マイケルと！」

「マイケルのことは悪く言わないでほしい」

「言ってねぇよ！　っつうか誰だよ、マイケル！」

「………。……忘《わす》れてくれ。苦い過去《かこ》だ」

「だから、なんなんだよ、お前のそのハリウッド映画みたいなノリと、そして、それとは対極な通話前半の小悪党ぶり！」

「うるさいなぁ。なんなんだよ、さっきから。俺は、ちゃんと俺の仕事してんだから、口だしてくんなよ、深夏。別に苦情《くじょう》とか来てないだろ？」

「う……そ、それは……」

「はい、別に苦情とかは来てないですね」

データを見ながら真冬ちゃんが補足《ほそく》してくれる。深夏は、「そうか……」と、しゅんとして引き下がった。

「……わかった、ごめん。鍵には、鍵と相手しか分からない、やり方があるのかもしれねーな」

「そうだよ、お姉ちゃん。先輩《せんぱい》の仕事にツッコミ入れている暇《ひま》あったら、ちゃきちゃき働いて下さい。すごく、忙《いそが》しいんだから」

「あ、ああ……悪かったな」

深夏は一つ深呼吸《しんこきゅう》すると、再び仕事に取りかかる。それでもなにか不満そうだ。

俺は、深夏にバレないように笑いを噛《か》み殺す。正直な話、確《たし》かに俺もちょこちょこふざけていた。前半の会話は相手の生徒と仲がいいからやれているノリのことだし、マイケル云々《うんぬん》は、実はちゃんと通話を切ってからのセリフだ。

でも、なんでこんなことをしているのかと言えば……。

「承認《しょうにん》、承認、承認」

「アカちゃん、はい、次の書類」

「ええと、この案件《あんけん》は既《すで》に片付《かたづ》いていますから……」

「ふむふむ……これは早めに対応《たいおう》した方がいいかもな。ほい、鍵」

「あ、ああ……」

俺は深夏から書類を受け取りつつ、小さくため息をつく。………。

つまらん。ひっじょーに、つまらん！

いや、確かにたまには俺達も真面目《まじめ》に働くさ！　俺に関して言えば、雑務《ざつむ》だって手際《てぎわ》よくこなすし、その辺の切り替《か》えは心得ているつもりさ！

だけど、これはいただけない！

美少女四人に囲まれているというのに、基本《きほん》は完全なる個人《こじん》作業！

普段《ふだん》の仕事でも、みんなでわいわい取り組むものなら、耐《た》えられるんだ。会議なんて、テーマがいくらかったるいものでも、喋《しゃべ》れるだけ、楽しい。雑務もまあ、楽しくはないけど、割《わ》り切ってこなす！

だけど！　折角《せっかく》美少女が狭《せま》い部屋に揃《そろ》っているのに、書類やパソコンと睨《にら》めっこしまくるだけとは、これいかに！

「潤《うるお》いが足りない……」

「おーい、鍵、さっさと次の電話しとけよ」

「うぅ……」

唯一《ゆいいつ》俺とコミュニケーションをとってくれる深夏も、基本は作業にかかりきりだ。そりゃあ、男の子だもん、好きな子の気をひくために、ちょっとふざけたりもしたくなるってもんだ。

俺は軽く口を尖《とが》らせながら、書類を読み始める。

『杉崎さん。私、杉崎さんのことが好きで好きで、作業が手に付きません』」

「妄想《もうそう》で書類内容《ないよう》上書きしてんじゃねーよ！　ちゃんと現実《げんじつ》を見ろ！」

「うぅ、つまらんなぁ」

そう言いながらも、書類を読み、とりあえず電話。……深夏が、きつく睨んでいる。

「……あ、もしもし。杉崎ですけど。はい、はい」

「……今度こそ、普通《ふつう》に話しているようだな……」

「……あ、いえ、そうじゃなくなくて。……はい。……いえ、ですから、その杉崎です。

杉崎、鍵」

「ん？」

「ですから、そうじゃなくて。…………す・ぎ・さ・き！　す・ぎ・さ・き！」

「相手、耳遠いのか？」

「……いや、だから、天草四郎時貞《あまくさしろうときさだ》じゃなくてですね」

「どういう間違《まちが》い方されてんの⁉」

「杉崎です、杉崎！　ああ、はい、そうです……。はい。……あ、いや、違います。杉花《すぎか》粉《ふん》の杉に、長崎《ながさき》の崎です。はい」

「いつまで名前説明してんだよ……」

「いえ、ですから、絶滅《ぜつめつ》の滅とかは関係なくてですね」

「だから、どういう間違い方されてんだよっ⁉」

「はい……あ、そうですそうです！」

「お、ようやく伝わったか」

「そう、ブラピ似《に》の、杉崎です！」

「おい、待てこら」

「思い出していただけましたか。ああ、良かったです」

「絶対《ぜったい》違う人想像《そうぞう》してるぜ、相手！　まだ誤解解《ごかいと》けてないって！」

「ところで、例の件なのですが……はい……はい……」

「やっと本題に入ったか……」

「あ、いや、十二年前のあの事件《じけん》の話は一旦《いったん》置いておいて貰《もら》ってですね」

「⁉」

「そうです、学園祭の方の……はい」

「え、なんだよその意味ありげな伏線《ふくせん》」

「そうなんですよ……はい。ははっ、またまた、ご冗談《じょうだん》を」

「あたし『またまた、ご冗談を』って実際《じっさい》に言うヤツはじめて見たよ」

「……マジですか」

「冗談じゃなかったのか⁉」

「……ごくり……」

「なに生唾《なまつば》飲み込《こ》んでんだよ！　どんな内容の話なんだよ！」

「……それはまた……可哀想《かわいそう》なことをしましたね」

「誰に⁉」

「まだ若《わか》いのにねぇ」

「なにその若者の訃報《ふほう》を聞いたおばちゃんみたいな反応《はんのう》！」

「心から、ご冥福《めいふく》をお祈《いの》り致《いた》します」

「死んだの⁉　誰か死んだのかよっ！」

「それはそうと、学園祭の方の話なんですが……」

「いやいやいや、学園祭より重要な話沢山《たくさん》ありそうだよな⁉」

「はい……いえ、そう言われましても……。はい……はい……すいません」

「え、なんかお前、下なの？　関係性《かんけいせい》、ちょっと下な感じなの？」

「はい……はい……わかりました」

「なんかすげぇ殊勝《しゅしょう》だな……鍵」

「次こそは、必ずや仕留《しと》めてみせます。我《わ》が命に代えましても」

「悪の組織幹部《そしきかんぶ》⁉」

「はっ！　はっ！………『愚《おろ》かな地上人共に、裁《さば》きの鉄槌《てっつい》を！』」

「なにその悪の合言葉みたいなの！　鍵、お前、誰と喋《しゃべ》ってんだよ！」

「では、そのように、はい、はい。では、失礼致します」

俺は通話を切り、ふぅと一息つく。そして、汗《あせ》を拭《ぬぐ》い、一言。

「やっぱり真面目《まじめ》に働くと疲《つか》れるぜ」

「今のはボケじゃなかったのかよ⁉」

深夏の目が驚愕《きょうがく》に見開かれていた。

俺はそんな深夏の様子に満足しつつ、椅子《いす》に深く背《せ》を預《あず》ける。

「冗談はさておき、実際《じっさい》、かったるいなぁ」

俺の言葉に、深夏は「はぁ」と息を漏《も》らしつつ、書類の束で自分の肩《かた》を叩《たた》く。

「確《たし》かに、いつもの活動から見たら地味で、あまり面白《おもしろ》みはねぇよな。っても、お前は雑務《ざつむ》やってんだから、慣《な》れてんだろ」

「そりゃ雑務の時は雑務と割《わ》り切ってるからな。一人だし。でも今の状況《じょうきょう》は……なんていうか、おもちゃが周りに散乱《さんらん》している部屋で勉強させられている子供《こども》の気分」

俺がそう言うと、急に真冬ちゃんが「わかります！」とノッてきた。

「真冬も、コミックやゲームに満たされた自分の部屋だと、とても勉強出来ません」

「真冬ちゃんと同類にされるのは若干癪《じゃっかんしゃく》だけど、まあそういうことだね。美少女いるのに、誰とも話さず仕事。……これが、精神的《せいしん》に、キツい」

「だからといって、意味もなくボケんなよ」

深夏に頭を軽く小突《こづ》かれる。まあ実際、ちゃんと仕事はした上でボケてるから、大丈夫《だいじょうぶ》なんだけど。俺《おれ》も一応《いちおう》副会長。義務《ぎむ》を怠《おこた》って戯《たわむ》れるような真似《まね》はしない。

深夏と真冬ちゃんが仕事に戻《もど》ってしまったので、俺は、休憩《きゅうけい》も兼《か》ねてボーッと美少女達の仕事ぶりを見守る。……せめて、目の保養《ほよう》ぐらいはさせてくれ。

「承認《しょうにん》、承認、と」

会長がスタンプをぺったんぺったんする様子を、ただただ、ぼんやり見守る。

「ぺったん、ぺったん」

「承認、承認」

思わず声が出ていた。

「承認、承認、承認」

「ぺったん、ぺったん、ぺったん」

スタンプが、捺《お》されていく。スタンプ……スタンプ……それを持つ会長の手……腕《うで》……肩……そして、胸《むね》。ふらふらと彷徨《さまよ》っていた視線《しせん》は、特に理由もないのだが、そこで固定される。

「承認、承認」

「ぺったん、ぺったん」

「承認、承認、承認」

「ぺったん、ぺったん、ぺったんこ」

「…………。……承認、承認、しょう……にん」

「ぺったんこ、ぺったんこ、ぺったんこ」


「うわぁ――――――――――――――――ん！」

急に会長が泣き出してしまった！

なぜか会長、知弦さんの胸に顔をうずめて、俺の方を指さしている。

「知弦ぅ！　杉崎が、杉崎がいじめるよぅ！」

「よしよし……。……キー君、最低」

「ええっ⁉」

深夏に対するボケは確信犯《かくしんはん》だったものの、今回は本当にただボンヤリしていただけだったため、面食《めんく》らう。な、なに？　俺、今、なんかしましたか？

知弦さんが、俺をきつく睨《にら》んでいた。

「人の身体的特徴《とくちょう》を揶揄《やゆ》するなんて、最低野郎《やろう》のすることよ」

「え、いや、え？　俺、別に今は何も……」

確かに普段《ふだん》はロリだのちっこいだの言ってしまっているけど、今に限《かぎ》って言えば、俺は何も……。

しかし、知弦さんの視線は依然《いぜん》として厳《きび》しかった。

「男子って、これだから」

「え、なにその、ちょっとうざいクラスメイト女子みたいな反応《はんのう》」

「女の子の気持ちは、繊細《せんさい》なのよ、キー君！」

「男の子も結構脆《けっこうもろ》いと思うんですが……」

理不尽《りふじん》な怒《いか》りに、俺も若干泣きそうですから。

「ひっく、ひっく、知弦ぅ」

とはいえ、会長は本気で泣いてしまっている。……やべぇ。なんかすげぇ罪悪《ざいあく》感。罪悪感はするけど、自分がなにしたのか全然分かってないため、すっごい気持ちがモヤモヤする。

知弦さんも感極《かんきわ》まったのか、その豊満《ほうまん》な胸にぎゅうっと会長を抱《だ》きしめた。しかし、その瞬間《しゅんかん》——

「う……うわぁあああああん！　知弦なんて嫌《きら》いだぁ────────！」

「ええっ⁉」

なぜか会長は、知弦さんからバッと離《はな》れて、机《つくえ》に伏《ふ》せ、一人でしくしく泣き出してしまった。い、意味が分からん。

「女の子……繊細っていうか、すげぇ面倒臭《めんどうくさ》いんですが」

「……ごめん、キー君。私も、若干面倒になってきたわ」

知弦さんは嘆息《たんそく》しつつ、少し和《やわ》らいだ表情《ひょうじょう》でこちらを見る。

「とにかく、キー君。今後、人の胸見ながら『ぺったん』やら『ぺったんこ』やら連呼《れんこ》するのはやめること」

「………あ、あー、そういうことですか」

ようやく事態《じたい》を理解《りかい》した。本当に他意はなかったのだが、確《たし》かに、会長からすれば酷《ひど》いいじめだったかもしれない。

俺は、素直《すなお》に会長に謝《あやま》ることにした。

「会長、すいませんでした」

「うう、うぐぅ？　も、もう、いじめない？」

会長がうるうるした目で俺を見上げてくる。……やべぇ。俺、やっぱSなのかな。すげえ可愛《かわい》い、怯《おび》える会長。小動物だ、これ。………いやいや、ここは、ちゃんと謝ろう。

「もう、いじめませんよ。ごめんなさい、会長」

「ひぐぅ……反省、した？」

「しました、しました」

「じゃあ………。許《ゆる》す」

ようやく涙《なみだ》を拭《ぬぐ》って顔を上げてくれた会長に、俺は、きちんと宣言《せんげん》しておく！

「安心して下さい、会長！　もう二度と、事実を連呼したりはしませんから！」

「うにゃ――――――――――――ん！」

会長は、目からドバァっと大量の涙を流しながら、完全に机に伏してしまった！

「キー君……」

知弦さんが、呆《あき》れた様子でこちらを見ている。……よ、よかれと思っての宣言だったのだが……。どうやら、完全に裏目《うらめ》だったようで。

会長が使い物にならなくなってしまったので、俺はせめてもの罪滅《つみほろ》ぼしと、会長の作業を代行しようと、彼女の使っていたスタンプを手に取った。そして……。

「ぺったん、ぺったん、ぺったんこ！」

「ひにゃあ――――――――――――！」

「キー君！」

知弦さんに凄《すご》い剣幕《けんまく》で怒《おこ》られ、スタンプを取り上げられてしまった。ああ……。

「もう、キー君はなにもしなくていいから！　今日はこっちに……アカちゃんに構《かま》わないで！」

「がーん！……………しゅん」

俺はがっくりと肩《かた》を落とし、知弦さんと会長の方から顔を背《そむ》ける。……俺、ハーレムの主として、頑張《がんば》ろうと思っただけなのに……くすん。

いじけて、机の上に人差し指で「鬱《うつ》」を書きまくっていると、深夏が「げ、元気出せ」とぎこちなく励《はげ》ましてきてくれた。真冬ちゃんも、「そ、そうですよ」と応援《おうえん》してくれる。

「確かに今のは先輩《せんぱい》が悪いですけど……でも、仕方ないですよ。悪気はなかったんですから」

「そうだぜ、鍵。普段の悪気ありまくるセクハラに比《くら》べたら、今日のお前は、そんなに悪い方じゃない……と、思う」

「そうかな……」

会長がおいおい泣いてしまっているので、俺は、やっぱり落ち込《こ》む。繊細な女の子を泣かせてしまった男の子ってヤツも、なかなか、微妙《びみょう》な心境《しんきょう》に陥《おちい》るものなのだ。

「はぅ……もう、俺は、仕事に生きる」

「お、おう。頑張れ、鍵」

「……うん」

俺はすっかり落ち込んだまま、仕事と言っても電話をする気にもならず、仕方ないので、気分転換《てんかん》のためにも真冬ちゃんの仕事を手伝ってみることにした。

立ち上がり、真冬ちゃんの後ろへと回り込む。

「真冬ちゃん、今なにやってるの？」

「あ、はい。ミ〇シィの日記更新《こうしん》です」

「仕事しようよ……」

なんかOLみたいなサボリ方をしていた。嘆息していると、パソコンの画面がパッと切り替《か》わる。なにかの編集《へんしゅう》画面を開いたみたいだ。

「お、仕事に取りかかるの？」

「はいっ」

真冬ちゃんはカチカチと慣《な》れた手つきでパソコンをいじり始める。おお、彼女もやる時はやる――って、ん？　画面の様子がどうも妙《みょう》だ。生徒会の仕事に関係あるとは思えないワード……《魔剣《まけん》取得フローチャート》やら、《隠《かく》しダンジョン出現《しゅつげん》方法》やらが並《なら》んでいる。

「真冬ちゃん……これ、なに？」

俺の質問《しつもん》に、真冬ちゃんは振《ふ》り返らないまま元気に答えてきた。

「はい、新作ＲＰＧの攻略《こうりゃく》ウ○キを更新しています！」

「仕事しようよ！」

「仕事ですよ、これも！　真冬がやらなきゃ、誰《だれ》がやると言うんですかっ！」

「誰かがやるよ！」

「先輩……。誰かがやる、誰かがやると言って自分はやらないという考え方。真冬は、それこそが悪だと思うのですよ」

ふっと真冬ちゃんが悟《さと》ったように言う。

「いやいやいや、深いこと言ってる雰囲気《ふんいき》だけど、サボリも立派《りっぱ》な悪だからね⁉」

「真冬にサボリという自覚はありません！」

「完全に駄目《だめ》人間ってことじゃん！」

「真冬が書いた攻略情報《じょうほう》で、誰かが救われるなら……。……真冬は、自分の仕事さえ、疎《おろそ》かにしてしまう女の子なのです」

「え、それ、優《やさ》しさアピールのつもり⁉」

「これはつまり、ゲームの定番ヒロインで言うところの……死にかけている魔物《まもの》の子供《こども》に癒《いや》しの力を使って、自分が疲労《ひろう》で倒《たお》れてしまう……的なイベントと同質《どうしつ》です！」

「違《ちが》うよ！　絶対《ぜったい》違うよ！　今の真冬ちゃんから、そんな慈愛《じあい》は感じないよ！」

「先輩……止めないで下さい。真冬は、たとえ自分の仕事が終わらなくても……皆《みんな》に攻略情報を、提供《ていきょう》してあげたいんです！」

「それより俺達に労働力を提供してよ！」

「先輩、真冬の……愛する真冬の体を気遣《きづか》ってくれるのは嬉しいですが、真冬には、やるべきことがあるんです！」

「生徒会の仕事だよね！　それは、生徒会の仕事のことを言ってるんだよね⁉」

「………。……《Q　経験値《けいけんち》稼《かせ》ぎはどこがオススメですか？　A　ワールドマップ右端《みぎはし》の小島にはレアモンスターばかりなのでオススメ》」

「攻略ウィ○の《FAQ》を更新するなぁー！」

「先輩、いい加減《かげん》仕事の邪魔《じゃま》ですよ」

「……もういいよ」

俺はとぼとぼと自分の席に帰る。もう、自分の仕事に集中しよう。真冬ちゃんに癒して貰《もら》おうとか考えた俺が悪かった。

とりあえず新しい仕事を貰おうと、深夏に声をかける。

「深夏、俺が電話する案件《あんけん》を——」

「ああ、悪ぃ、もう無い」

「え？」

きょとんとする俺。深夏は書類整理を続けながら、こちらも見ずに答えてくる。

「残り数件しかなかったから、お前が遊んでいる間に、あたしの方でサクッと終わらせておいた。相手も丁度《ちょうど》知り合いだったし」

「そ、そう」

「ああ」

「………………」

……で？

「あのぉ、俺《おれ》はじゃあ何をすれば――」

「ああ、鍵、ちょっと黙《だま》っててくれ。今、お前のボケに付き合っている暇《ひま》ねぇんだ」

「あ、いや、ボケとかじゃなくて――」

「ほい、会長さん、この書類にもスタンプお願い」

「了解《りょうかい》だよ、深夏ー。承認《しょうにん》」

「アカちゃん、そっちの書類はまだ手つけないでね。こっちで手続きあるから」

「紅葉先輩《あかばせんぱい》、二年生の作業場所の件が保留《ほりゅう》になったままですー」

……なんか皆忙《みないそが》しそうだった。真冬ちゃんもいつの間にか働いているし。

俺だけ、何もすることがなく、無意味に書類を摑《つか》んでみたりする。

きょろきょろ、おどおど、おろおろ。

「あ、あのぉ、皆、俺が手伝うことは……」

『ない』

「あ、そう」

なんか、今の状態《じょうたい》で極《きわ》めて上手《うま》く効率《こうりつ》的に作業が回っているご様子。俺の入る余地《よち》、全くないらしい。

……………。

なにこれ。すっごい居心地《いごこち》悪いんですが。数分前の「仕事がだるい」とか言っていた俺を殴《なぐ》り飛ばしてやりたい。仕事が欲《ほ》しい。ギブ、ミー、仕事！

「……誰か、そろそろ休憩《きゅうけい》入ったり……」

『…………』

「……しませんよね」

無視《むし》されてしまった。なんだこれ。俺、ハーレム王目指してたハズなのに、いつの間にか、空気王になってませんか？

いやいや、これじゃ駄目だ！　小説の展開《てんかい》的にも、これじゃ駄目だ！　主人公には、確《かっ》固《こ》たる存在《そんざい》感がないとっ！　いてもいなくても関係ない空気主人公って、見ていてすげぇ悲しいもんな！

というわけで、俺は空気からの脱却《だっきゃく》を目指し、自発的に動いてみることにする。

……よし、まずはお茶を淹《い》れよう！　なんて気の利《き》く俺！

早速《さっそく》ポットまで行き、番茶のパックを湯呑《ゆの》みに入れてお湯を注ぎ、一杯《ぱい》目を作る。

よし、まずは会長にこれを差し入れて、彼女を「まったりアカちゃんモード」にすれば、生徒会の雰囲気《ふんいき》も俺好みに——

「あっ」

——と、気付いた時には、見事に手を滑《すべ》らせていた。

《バシャアッ！》

「にゃっ⁉」

会長がびくんと体を強《こわ》ばらせる。幸い彼女に熱湯がかかることはなかったものの、しかし、落ちた湯呑みが中身をぶちまけた先は……。

「しょ、承認した書類がー！」

「あ」

さっきまで彼女がぺったんぺったんしていた書類の山が、茶でひたひたになっていた。

俺は慌《あわ》てて書類に手を伸《の》ばすも……もう、どうしようもない惨状《さんじよう》に、相変わらず何もすることが出来ない。

——と、

「うぅ……うぅぅぅ！」

また、会長が涙目《なみだめ》になっていた！　や、やばい、これは——

「杉崎が、いじめるぅうううううううううううう！」

会長、今度は本気の大号泣《だいごうきゅう》だった！　同時に俺に向けられる、生徒会中からの痛《いた》い視線《しせん》、視線、視線！

「キー君……貴方《あなた》、流石《さすが》に今日は、アカちゃんいじめがすぎるわよ」

「あ、いや、知弦さん、これは……」

「鍵。ボケも限度ってものがあるだろ。真面目《まじめ》に仕事する時とのケジメぐらい、つけろ」

「み、深夏。これは別にボケとかじゃなくて、その……」

「先輩。真冬に働けと言っておいて、なにしてるんですかっ。ちゃんとして下さい！」

「で、でもこれは、わざとじゃ……」

あ、やべ。俺、なんか泣きそうだ。なんか俺、めっちゃ可哀想《かわいそう》だ。自分で自分が可哀想で、泣きたくないのに、なんか泣けてくる。

しかし、目の前には俺が泣くことを許《ゆる》さないと言うかのごとく、俺の分まで泣きまくる少女が一人。

「うぇぇ、うぇぇ。ぐす……も、もう、杉崎なんか、嫌《きら》い……」

「！」

ぐさり！　杉崎鍵に九十五兆三千億のダメージ！

「………」

ふらり。ふらふらふら……ふらり。

あまりのショックに、俺は、おぼつかない足取りでその場から去っていく。

「キー君？　ちょっと、どこ行くのよ」

「………」

ふらふらふらふらふらふらふらふら。

俺の頭には、会長からの……「嫌い」という言葉のみがリフレインされる。

「先輩《せんぱい》？　せんぱーい？」

誰の声も耳に入らない。入っても、意味が分からない。

なんとかしないと、なんとかしないと、なんとかしないと、なんとかしないと。

戸に、手をかけながら、必死に考える。

ガラガラ……ガラガラガラ……ピシャリ。

そうして俺は、生徒会室を去った。

＊

「や、やばくねぇか？」

キー君が尋常《じんじょう》じゃない様子で生徒会室から出て行ってしまった直後、深夏が動揺《どうよう》した様子で言ってきた。真冬ちゃんもまた、それに呼応《こおう》するように口を開く。

「……ちょっと、厳《きび》しくあたりすぎだったかも……です」

二人の言葉を聞き、私もまた、ふぅと息を吐《は》く。

「確《たし》かに……わざとじゃないことまで、必要以上に怒《おこ》ってしまったかもしれないわ」

今日は実際《じっさい》、私達も、仕事の分量が多くて若干《じゃっかん》イライラはしていた。仕事だけでつまらなかったのは、なにも、キー君だけじゃない。私だって、アカちゃんをいじれないのは大変寂《きび》しいわけで。

深夏も真冬ちゃんもその辺は同じようで、少し反省したように俯《うつむ》いていたけど、しかし、アカちゃんだけはまだ拗《す》ねていた。

「……杉崎は、意地悪だよ……」

目の端《はし》に涙を浮《う》かべ、椅子《いす》の上にちょこんと体育座《ずわ》りしてしまっている。……アカちゃんの気持ちも分かる。今日一番頑張《がんば》っていたのは、なにを隠《かく》そう彼女だ。一番ふざけて遊びたかったのも、でも遊ばずきっちり働いていたのも、彼女。だから、仕事はちゃんとこなした上だったとはいえ、時折ふざけてちょっかいかけてくるキー君には、今日はより一層腹《そうはら》が立ってしまったのだろう。

全員の気持ちが分かるため、私は、またやりきれなくてため息を吐《つ》く。……こうしていても仕方ない。誰が正しいのかは分からないけど、とりあえず、目の前に仕事が山積みなことはどうしようもない現実《げんじつ》だ。

私が作業を再開《さいかい》すると、それに倣《なら》うように、姉妹とアカちゃんも作業を始めた。

『…………』

無言の空間で、それぞれの作業だけが進行していく。十分、二十分、三十分……。さっきまでも同じように作業していたはずなのに……空気がなんだか凄《すご》く重くて、作業自体も上手《うま》く捗《はかど》らなかった。

アカちゃんは、濡《ぬ》れてしまった書類のデータを真冬ちゃんにもう一度プリントアウトして貰《もら》い、それにスタンプを捺《お》していっているものの……さっきから、無意識《むいしき》になのか、キー君の席の方ばっかり見ている。

「アカちゃん、スタンプちょっとずれてる」

「あ、うん……ごめん」

しゅんとした様子で再《ふたた》びぺったんぺったん始めるものの、一分もするとまた、視線《しせん》がキー君の席の方に行って、位置がずれていっていた。

ふと気付けば、アカちゃんほどではないにしろ、私や姉妹も同様だった。

深夏は明らかに書類を確認《かくにん》するペースが減速《げんそく》していたし、真冬ちゃんのタイピング音も、ちょくちょく止まってしまっていた。私も、同じ書類を二度チェックしてしまっていることに終盤《しゅうばん》まで気付かなかったりする有様。

そんな空気の中……深夏が、ぽつりと呟いた。

「あいつがふざけてたから、逆《ぎゃく》に、あたし達は集中できてたとこあったよな……」

その言葉に、誰《だれ》も反応《はんのう》はせずとも、同意していた。キー君がいないと、なんだかどうも私達はぎこちなくなる。彼は彼で、れっきとした生徒会室の作業の歯車だったのだと、今《いま》更《さら》気付かされる。

そうして……ここに来て遂《つい》に、アカちゃんが、小さく漏《も》らす。

「杉崎……早く帰ってこないかな……」

——と、

「ただいま帰りましたぁっ！」

ガラガラと勢《いきお》い良く戸を開き、今までの重苦しい静寂《せいじゃく》を一瞬《いっしゅん》で打ち破《やぶ》りながら、キー君が晴れ晴れとした笑顔《えがお》で入室してきた。

私達はそのあまりに予想外の状況《じょうきょう》に、誰も、反応を返せない。

キー君は何枚《まい》かの書類を手に、ニッコニコと笑顔で自分の席まで戻《もど》ってくると、まずは立ったままでアカちゃんに頭を下げた。

「会長、さっきはすいませんでした」

「え？　あ、う、うん……………」

アカちゃんが顔を背《そむ》けながら頷《うなず》く。すると、キー君は手に持った書類の数枚を、アカちゃんに渡《わた》してきた。

「えと？」

「代わりと言ってはなんですけど、面倒臭《めんどうくさ》い細々した似《に》たような許可《きょか》申請《しんせい》を一挙に承認《しょうにん》出来るよう、書類をぎゅっと纏めてきました。あと残りは、これとこれとこれにぺったんするだけでいいです」

「へ？」

「あと、深夏」

アカちゃんが戸惑《とまど》う中、キー君はくるっと体の向きを変え、今度は深夏に書類を差し出す。

「な、なんだ？」

「会長の承認事項《じこう》以外の案件《あんけん》で残っているもの、電話連絡《れんらく》じゃ埒《らち》があかないものは、全部直接《ちょくせつ》会って確認とってきた。ここにザッとまとめてあるから、それだけ確認してくれ。それで、深夏の作業終わり！」

「え、ええ？」

「んで、真冬ちゃん」

深夏が書類を受け取ると同時に、今度は真冬ちゃんの方を向くキー君。

「今まで『保留《ほりゅう》』としていたものも、直接交渉《こうしょう》してきたから、全部『解決《かいけつ》』にしていいよ。あと、残りの案件もほぼ片付《かたづ》いたから、全部『解決』。もう、データ管理の必要なし！」

「ふぇ？　あ、えと、はい」

そうして、最後に、キー君は私の方に向き直る。

「そんなわけで、知弦さん。最後のチェックお願いします。俺《おれ》がやってきた仕事、これにまとめておきましたから」

そう言って、キー君は私に残りの書類を差し出してくる。

「これって……」

それは、驚《おどろ》く程《ほど》理路整然とまとまった書類だった。最早《もはや》チェックの必要性《ひつようせい》もない。しかも、彼がこなしてきた仕事の件数は、とてもこの短時間でやってきたこととは思えない分量だ。

「キー君……あの、これ、この短時間で全部やってきたの？」

「ちゃんと責任者《せきにんしゃ》のサインあるでしょ？」

「あ、ホントね……」

「頑張《がんば》りましたっ！」

そ、そういうレベルなのかしら、これ。とても人間技《にんげんわざ》じゃない気がするけど……。

とにもかくにも、私が一通り書類に目を通し終わると……皆《みな》が唖然《あぜん》とする中、キー君は、満面の笑顔で胸《むね》を張って宣言《せんげん》した。

「どうだっ！　これで、あとはふざけまくってても文句《もんく》は言えまい！」

『…………は？』

皆、ただただ、ぽかんとする。キー君はと言えば、やたらと活《い》き活きしていた。

「よぉし、遊びましょう！　なにします？　王様ゲームですか。王様ゲームいっちゃいますかっ！　ぱぁっといっちゃいますか！」

「いかねぇよ」

「うがっ」

とりあえず、深夏に太股《ふともも》を強く殴《なぐ》られて着席、大人しくなったものの……私達は、まだ事態《じたい》についていけてなかった。

アカちゃんが、代表するように、キー君に話しかける。

「す、杉崎……。あの……」

「ん？　ああ、会長」

キー君は、深夏の攻撃《こうげき》で机《つくえ》に伏《ふ》したまま、顔だけをアカちゃんに向けて、ニコッと笑った。

「これで心置きなく遊べますよ、会長」

「今日は、色々すいませんでした。悪気は、全然なかったんです。ただ、その、会長がしかめっつらして働いているのが、なんだか寂《さび》しくて……つい」

「……あ……」

「……杉崎」

アカちゃんは一瞬《いっしゅん》また目をうるうるっとさせてしまっていたものの……誰にも気付かれまいと袖《そで》でぐいっとそれを拭《ぬぐ》うと、思いっきり立ち上がって、元気に宣言した。

「よぉし、今日は遊ぶよー！　遊びまくっちゃうよー！」

その言葉に……私と椎名《しいな》姉妹は目を見合わせ、そして……。

要《い》らなくなった書類を、思いっきり宙《ちゅう》に放《ほう》る！

『おー！』

結局私達には、仕事だけで一日を終えるなんて、無理なようだ。
働くことは大事なこと。時には自分を抑《おさ》えて、仕事に徹《てつ》しなければならない。
でも、皆のこの笑顔《えがお》を見ていると……私は、これでいいんだと思う。
理屈《りくつ》もなにもない。
単純《たんじゅん》に。
なんといったって、私達はまだ、高校生なのだから。

【第七話～予告する生徒会～】

「未来の楽しみを見つけてこそ、人生は輝《かがや》くのよ！」

会長がいつものように小さな胸《むね》を張《は》ってなにかの本の受け売りを偉《えら》そうに語っていた。

しかし、今回はイマイチそこから会議の内容《ないよう》が推《お》し量《はか》れない。

俺は普通《ふつう》に訊《たず》ねることにした。

「……で？　今日はなにを？」

「なによ、杉崎《すぎさき》。急《せ》かすわね」

「いや、だって。今日は珍《めずら》しく、急ぎの執筆《しっぴつ》も校内の仕事も落ち着いている日でしたから……そんな張り切って話し合う議題、あったかなと」

俺がそう告げると、他のメンバー達も頷《うなず》きながら会長を見た。

会長は、いつものように「ふっふーん」とふんぞり返ると、くるりとホワイトボードの方を向き、大きく議題を記しながら、口でも概要《がいよう》を説明する。

「今日は……『プロモーション』を考えようと思うの！」

ホワイトボードに「第一回　販売戦略会議《はんばいせんりゃくかいぎ》っ！」と記されている。

全員がため息をつく中、知弦《ちづる》さんが代表して切り出した。

「アカちゃん。また文庫の方の作業をするというのかしら？」

頬杖《ほおづえ》をついて、呆《あき》れた様子の知弦さん。しかし会長は全く揺《ゆ》らがない。

「うん。どうせ暇《ひま》なんだし、いいでしょ」

「……まあ、それはそうだけど」

意外にも知弦さんはあっさり引き下がる。俺達も、あまり文句は言わなかった。もう、こういうのに関しては俺達もすっかり耐性《たいせい》がついた。今日は他の仕事もないし、まあ、被《ひ》害《がい》は少ない方だと考えていいだろう。今日脱線《だっせん》することで、他の日が仕事に集中出来るなら、それもまあ悪くない。

早速《さっそく》、深夏《みなつ》が「具体的には……」と話を進行させた。

「なにしようってんだ？　今までだって、売れるためにアレしよう、コレしようっていう会議は散々やってきたじゃねーか」

「ちっちっち。わかってないなぁ深夏は。それは、あくまで内容とかの話でしょ？　小説の内容だったり、シリーズ要素《ようそ》だったり、メディアミックス展開《てんかい》だったり」

「まあそうだけど。それ以外になにするって――」

「たとえば、予告よ！」

「予告？」

深夏が首を傾《かし》げる。俺もよく分からず、会長に質問《しつもん》する。

「予告って……アニメとかの、次週予告みたいなことですか？」

「うん、そうよ！　基本的《きほん》にはそういうこと！　コマーシャルでも次週予告でも、とにかく、期待を煽《あお》るようなものは、売り上げに直結する大事な要素《ようそ》だと思うの！」

「む。会長さんの思いつきにしては、一理あります……」

インドア趣味《しゅみ》の女王たる真冬《まふゆ》ちゃんが頷く。

「確《たし》かに、アニメやドラマの次回予告とか、映画《えいが》の宣伝映像《せんでんえいぞう》は、うまく使えば、その作品の本来の実力以上の結果を引き出すことが多々ありますからね」

「うん、そうなんだよ！　真冬ちゃん、よく分かってるね！」

会長は真冬ちゃんの同意を受けて満足そうに笑うと、バンッと自信ありげに机《つくえ》を叩《たた》いた。

「というわけで、生徒会の一存《いちぞん》シリーズでも、効果的《こうか》なプロモーションを考えていこうじゃない！　私達で！」

「……編集部《へんしゅうぶ》とかの仕事だと思うんだが、そういうのは……」

　深夏が呟いていたが、会長には聞こえなかったようだ。会長は席に着くと、早速具体的な話を切り出してくる。

「今旬《しゅん》な話題と言えば、やっぱり生徒会のアニメ化だと思うのよ」

「まあそうですね」

　未《いま》だに信じられないが、どうやら本当にやるみたいだ。

「アニメがヒットすれば、本も当然売れる！　アニメを見て貰《もら》うためには、事前の、期待を煽《あお》りまくる予告が必要！　というわけで、アニメの予告を考えるよ！」

「おー、見事なまでの、『余計《よけい》なお世話』ですね」

「いいんだよ！　原作者は、神なんだよ！　いわばこれは『原作者の一存』だよ！」

「なんか上手《うま》いこと言った気がするけど、とりあえず、謝《あやま》って下さい。関係者に」

「謝らないよ。優秀《ゆうしゅう》なアイデアを私達自ら授《さず》けてあげるんだから、謝る必要なんて、なんにもないじゃないっ！」

「……まあ、本当の優秀なアイデアなら、提案《ていあん》の余地《よち》はあると思いますど……」

　メンバー全員が不信感を含《ふく》ませた視線《しせん》を会長に向けていると、会長は、そんなことお構《かま》いなしといった様子で、早速《さっそく》提案してきた。

「まず、ゴールデンタイムにコマーシャル流すよ！　N○Kで！」

「無理ですからっ！　いきなり無理ですからっ！」

「午前中の教育番組の最中とかも流すと、子供《こども》にクリティカルヒット！」

「だから、無理ですって！」

「どうして？」

「どうしてって……」

あかん。この人、コマーシャルのシステムを分かってないのか。全部最初から説明するのも非常《ひじょう》にだるいし、ここは、簡潔《かんけつ》に否定《ひてい》しておくとしよう。

「やるにしても、民営《みんえい》のテレビ局じゃないと無理です。○HKは、基本コマーシャル流しませんから」

「ん、流れるよ。ほら、新番組の宣伝とか……」

「それはまあ……NH○で生徒会が始まるならありえますけど。そうじゃないでしょう」

「他局の番組のCMでも、流せばいいじゃん」

「なにその画期的なCM！　軽い気持ちでテレビ業界に革命《かくめい》起こさないで下さい！」

「仕方ないなぁ。じゃあ、民営だけにするよ」

「ええ、それが普通《ふつう》――」

「じゃあ、ABC放送だけで……」

「なんでアメリカ⁉」

「え、駄目《だめ》なの？」

「駄目っていうか、意味無いでしょ！　日本でアニメやるんですからっ！」

「ハリウッド進出も視野《しや》に入れてるもん！」

「視野に入れるのはいいですけど、段階《だんかい》飛ばすのはやめて下さい！　まず日本！」

「うぅ……夢《ゆめ》がないなぁ。仕方ない。予告は、アニメをやる放送局がやってくれるだけでいいよ……」

「いや、妥協《だきょう》したみたいに言ってますけど、普通そうですから」

「ふん。どうせ、『よう○べ』とか、『ニ○ニコ』とかにアップされて全世界に配信されるんだしっ！」

「それ言っちゃ元も子もないですよ！」

まあとにかく、これでコマーシャル放映局《ほうえいきょく》は決まったようだ。俺《おれ》が一息ついていると、しかし、会長はまだ話を終えていなかった。

「じゃあ、コマーシャルの内容《ないよう》についてだけど」

そう続けざまに切り出してくる。

「やっぱり、視聴者《しちょうしゃ》が『おおっ！　これはっ！』と思うのがいいと思うのよね」

「そりゃそうだ」

俺の代わりに深夏が返す。熱血や派手《はで》好きの深夏は、意外とこういうの好きそうだ。

案の定、目を輝《かがや》かせながら、会長よりも先に内容の提案を始める。

「やっぱ、ド派手なシーンや演出《えんしゅつ》をバンバン見せていくっつうのが、王道――」

「黒バックに文字だけで行こうと思うわ！」

「あたしの意見完全無視《むし》⁉」

深夏がショックを受けてしまっていた。会長は、深夏に対して「甘《あま》いなぁ」と見下す視線を向ける。

「予告って、あえて情報《じょうほう》を絞《しぼ》った方が、視聴者は気になるんだよっ！」

「そうだけど……やっぱ、いいシーン見せた方が手っ取り早いじゃねーかよ……」

「浅はかだなぁ、深夏は」

「く」

うわ。会長に「浅はか」とか言われてるよ、深夏。肩《かた》が怒《いか》りでぷるぷると震《ふる》えている。

……うん、気持ちは痛《いた》いほど分かる。知弦さんも真冬ちゃんも、「うわぁ」という感じで、同情の視線を深夏に向けていた。

会長は、そんなこと全く意に介《かい》さない様子で、どこかで聞きかじったのであろうアイデアを展開《てんかい》する。

「まず、黒バックに文字だけ。効果音《こうかおん》は、『ドーン』と荘厳《そうごん》な音。最初は音と同時に『緊急特報《きんきゅうとくほう》』の四文字」

「わー、ありがちですぅー」

「（ぎろり）」

「ひぅ」

真冬ちゃんは会長に睨《にら》まれて黙《だま》り込《こ》んでしまった。会長は、そのまま続ける。

「そして、続く文章ではとにかく煽《あお》るわ！　『あの伝説の作品が、遂《つい》に映像化《えいぞうか》！』」

「私達、いつ伝説になったのかしら……」

知弦さんが嘆息《たんそく》している。確《たし》かに、まさか高校生のうちに『伝説』になれるとは思わなかった。

更《さら》に会長が続ける。

「『全米ナンバーワン大ヒット』」

「うん、完全にハリウッド映画《えいが》の煽りですよね」

「『興行成績《こうぎょうせいせき》、歴代最高』」

「なんの興行成績ですか」

「『主演《しゅえん》　桜野《さくらの》くりむ』」

「主演って言うの!?　っていうか、それ、別に宣伝《せんでん》効果なくないですか!?」

「『ゴールデンなんとか賞の主演女優賞《じょゆうしょう》受賞しそうな気がする』」

「なんの威厳《いげん》もない！」

「『今世紀最後の傑作《けっさく》』」

「まだ結構《けっこう》ありますよ、今世紀」

「『制作《せいさく》期間、二十年』」

「俺達生まれる前から作ってますよね？」

「『構想《こうそう》期間、二秒』」

「思いつきレベルのプロジェクトですね！」

「『休憩時間《きゅうけい》、十九年』」

「実質《じっしつ》一年しか働いてないですよねぇ！」

「『映像化不可能《えいぞうかふかのう》と言われた原作を、完全再現《さいげん》』」

「言われてないですよ。めっちゃ簡単《かんたん》に映像化できますよ、この雑談《ざつだん》風景！」


「『……カミングスーン』」


「タイトル言ってねぇえええええええええええええええええええええ！」

結局なんのコマーシャルか分からなかった！　宣伝効果ゼロ！

俺のツッコミにも、しかし会長は動じない。

「情報を絞るんだよ！　あえて！　気にさせるために！」

「絞りすぎですよ！　最早《もはや》、予告の役割《やくわり》さえ果たしてないですよ！」

「むぅ……杉崎も深夏も、文句《もんく》ばっかり言って。じゃあ聞くけど、皆《みんな》はなにか他にいいアイデアあるの？」

「アイデア……ですか」

急に振《ふ》られてしまったので、俺達は戸惑《とまど》ってしまう。俺や深夏が答えられずにいると、唐突《とうとつ》に、ガラガラと生徒会室の戸が開いた。

「ならば、私が知恵《ちえ》を授《さず》けてやろうではないかっ！」

相変わらず不敵《ふてき》な態度で、なんの脈絡《みゃくらく》もなく、顧問《こもん》である真儀瑠《まぎる》先生が入室してきた。入り口側の席にドカッと腰《こし》を下ろすと、ニヤリと微笑《ほほえ》む。しかし、会長は辟易《へきえき》した様子だった。

「……真儀瑠先生の意見は、あんまり参考にならなさそうだよ……」

「なにを言うっ、桜野！　ハッタリを使わせたら、私の右に出る者はいないぞっ！」

「それ、そんなに堂々と言うことなのかな……」

相変わらず教師《きょうし》として色々間違《まちが》っている人だ。まあ、会長とは似《に》た者同士な気もするけど。

会長が激《はげ》しく気怠《けだる》そうなので、仕方なく、俺が真儀瑠先生の意見を聞くことにする。

「それで、真儀瑠先生には、いいプロモーションやら予告やらのプランがあると？」

俺の質問《しつもん》に、真儀瑠先生は「うむ」と頷く。

「こういうのに関しては、私も大まかには桜野のやり方が正しいと思っている」

「え？　どういうことですか？」

「煽りは多少過剰《かじょう》なぐらいで丁度いいということだ」

「いや、駄目《だめ》ですって。誇大《こだい》広告は、訴《うった》えられますって」

「普通《ふつう》の商品ならそうだろうさ。しかし、これはアニメ！　物語の受け取り方は、人それぞれ！　多少食い違いがあっても、なんとかなるというものだ！」

「ええー……」

相変わらず子供《こども》の教育にとても悪そうな教育者だ。

「では、そうだな……私は、販売戦略《はんばいせんりゃく》の観点から話をするとするか」

そう言いつつも、真儀瑠先生は真冬ちゃんがちまちま食べていたお菓子《かし》をごく自然につまむ。真冬ちゃんが「あぅ……なにもそんなにごっそり……」と涙目《なみだめ》になる中、先生はお菓子をもぐもぐと頰張《ほおば》りながら、具体的な提案《ていあん》に取りかかった。

「まず、当然のように『涼宮《すずみや》ハ○ヒ』にのっかるぞ」

「おい」

いきなり大問題発言だった。

「大丈夫《だいじょうぶ》だ。そもそもこの小説、一巻冒頭《かんぼうとう》から角川ス○ーカー文庫におんぶにだっこだ」

「そういう言い方しますか」

「ふ、最初にメタネタを仕込んだお前が、なにを今更尻込《いまさらしりご》みする」

「う……。いや、でも、だからこそ、これ以上迷惑《めいわく》をかけてはいけないんじゃ」

「安心しろ。『らき☆○た』の尻馬にも当然乗るぞ」

「なにを安心しろと。っていうか、完全に角川頼《だの》みっ！」

「可能《かのう》ならば、ガン○ムとも絡《から》みたいところだ。あれのマーケットは尋常《じんじょう》じゃない」

「貴女《あなた》の無節操《むせっそう》さも尋常じゃないと思います」

「ス○ロボ参戦も……いきたいところだ」

「どういう経緯《けいい》で!?」

「どうだ、この販売戦略。あまりに見事すぎて、身震《みぶる》いするだろう」

「確《たし》かに、身震いはしました。違う意味で」

「しかし杉崎。そうやって他人の力ばかりアテにしているようでは、まだまだお前は二流だぞ。だからお前は駄目なんだ」

「えー!?」

なんか怒《おこ》られた。全くの冤罪《えんざい》で怒《おこ》られた。

「結局、世の中なにがヒットするって、圧倒《あっとう》的なオリジナリティを持つものなんだ」

制服もセイラーにすべきだよー

「言っていることがもう支離滅裂《しりめつれつ》ですね」

「というわけで、有名作品にあやかりつつも、実際《じっさい》の予告では、生徒会にしかない魅力《みりょく》を最大限《さいだいげん》アピールするのが、効果《こうか》的だ」

「……なんか一つ一つの意見は、微妙《びみょう》にマトモな意見ですよね……はぁ。それで、俺達の作品にしかない魅力って……」

「私が出ている」

「…………。……はい、『雑談《ざつだん》』ですね、ええ。そうですよね。こんなに雑談だけで終わる小説、なかなかないですもんね。それで、そこをどうやってアピールしていくかですが……」

「おい、ツッコミさえしないって、お前……」

「『雑談』部分のアピールについて、ですが」

「…………うん」

真儀瑠先生はしょぼーんとしていた。しかし、すぐに気を取り直して、一つ、こほんと咳払《せきばら》いする。

「これに関しては、椎名《しいな》深夏が言っていたように、いいシーンを実際《じっさい》バンバン見せるのがいいだろう」

「……今更ですけど、いつから俺達の会議聞いてたんですか……」

「気にするな。とにかく、最初は桜野の言うように情報《じょうほう》を絞《しぼ》った広告をしつつも、アニメの時期が近くなってきたら、面白《おもしろ》いシーンをバンバン見せていくタイプに切り替《か》えるぞ」

「なるほど。これは確かに参考に――」

「泉《いずみ》こ○たと涼宮○ルヒが喋《しゃべ》っているシーンとかな」

「確かにすげぇぇぇぇぇぇぇぇぇぇぇぇぇぇえ！」

そりゃ破格《はかく》のCM効果だろうさっ！

「しかし、無理だろ！　っていうか、最早《もはや》生徒会じゃないし、その内容《ないよう》！」

「圧倒的オリジナリティ」

「どこがっ⁉　完全に他作品のキャラ持ってきてるじゃん！」

「……メラ系魔《けいま》法《ほう》とヒャド系魔法をミックスすると、メド○ーアができるようなものだ」

「いや、そういう問題じゃないと思いますけど……」

「素材《そざい》が既存《きぞん》のものでも、合わせて別のものが出来たら、それはオリジナリティ」

「それはそうですけど、騙《だま》されませんよ。このケースは、明らかに違《ちが》いますから！」

「……ちっ。小賢《こざか》しい生徒め。金が儲《もう》かれば、それでいいじゃないか」

「おいこらそこの聖職者《せいしょくしゃ》」

俺《おれ》どころか生徒会全員の射《い》るような視線《しせん》に、真儀瑠先生は肩《かた》を竦《すく》める。

「ならば、他の素材を使うのはやめてやろう。まったく」

「なんで逆《ぎゃく》ギレされてんのか分かりませんが、そうして下さい」

「生徒会ならではの素材を使えば、いいんだな」

「そうです」


「なら、私だろ、やはり」

「そうですね。雑談ですね。やっぱり俺達の雑談シーンを見せてくのがいいですよね」

「…………うん」

やっぱり真儀瑠先生はしょぼーんとしていた。……この人は無視《むし》されると駄目《だめ》な人だったのか。よくも悪くも、ただの目立ちたがり？

気を取り直して、先生は提案《ていあん》を続ける。

「しかし数秒しかないCMで、他作品キャラも使わず、この雑談の魅力を伝えるのは、至《し》難《なん》の業《わざ》」

「そうですけど……。そこは、なんとかしましょうよ」

「うむ。そこでだ」

真儀瑠先生はそこで一息置き、真冬ちゃんのお菓子《かし》をもう一つまみする。

「脚本《きゃくほん》を作ってみた」

そう言って俺に一枚《まい》の紙を差し出してくる。ワープロで作られた文書のようだ。

「……いつの間に……」

隣《となり》の深夏が俺の持つプリントを覗《のぞ》き込みながら呟《つぶや》く。真儀瑠先生は口の端《はし》を吊り上げ、ニィと笑っていた。

「こんなこともあろうかと、な」

「どういう予測《よそく》に基《もと》づく準備《じゅんび》ですかっ！」

唐突《とうとつ》にCM企画《きかく》を提出《ていしゅつ》しなきゃいけない事態《じたい》に備《そな》えていたのか、この人は。

「こんなことで驚《おどろ》かれては困《こま》るな。私は他にも、『怪人《かいじん》トマト男に襲《おそ》われる』や、『急にM―1に出場することになる』等の事態にも、常《つね》に備えているのだ」

「もっと現実的《げんじつ》なことに備えましょうよ……生徒のこととか」

「『生徒全員がゾンビになってしまう』という事態にも備えているぞ。ほら、ハンドガン」

「生徒を助ける気はないんだっ！　っていうか銃刀法違反《じゅうとうほういはん》！」

「安心しろ、エアガンだ。でも、ヘッドショットするから低威力《ていいりょく》でも大丈夫《だいじょうぶ》」

「めっちゃ生徒殺す気満々ですねっ！　自分の身しか案じてませんね！」

「とにかく、まずその脚本を読め」

「……分かりましたよ」

「あ、いや待て。今全員分コピーするから、実際《じっさい》にやってみようじゃないか、これ」

『えー』

全員が不満そうにするが、しかし、真儀瑠先生はチャッチャと原稿《げんこう》をコピー、そして配《はい》布《ふ》してきた。

気怠《けだる》い空気が漂《ただよ》う中、「さて、開始！」という先生の合図で、全員が自分に割《わ》り振《ふ》られたセリフを読み上げ始める。

会長「生徒会もついにアニメ化よ！　わーい！　わーい！」

知弦「やったわね、アカちゃん。うふふふふ」

深夏「あたしも、張《は》り切っていくぜー！」
真冬「真冬も、嬉しいですぅ」
杉崎「俺のハーレムも、遂《つい》に映像化《えいぞうか》ですね！　やったぁー」
紗鳥《さとり》「アニメ『生徒会の一存』、カミングスーン」

そうして、終わる真儀瑠先生の脚本。生徒会室に、異様《いよう》な沈黙《ちんもく》が漂う。先生だけが、ご満悦《まんえつ》そうだった。
「うむうむ、完璧《かんぺき》だなぁ。全員のキャラ特徴《とくちょう》と雑談《ざつだん》風景を、実に見事に――」
先生が一人で喋《しゃべ》り続ける中……俺達は、全員、俯《うつむ》いて汗《あせ》をダラダラ掻《か》きながら、同じことを思っていた。

『（ま、全く面白《おもしろ》くねぇ――――――――――）』

びっくりするほど面白みのない脚本だった。ここまで才能《さいのう》を感じさせないプレーンな脚本を持ってくるとは……最早《もはや》、憐《あわ》れでツッコミも出来ない！
一人で自分の脚本を絶賛《ぜっさん》し続けている真儀瑠先生に聞こえないよう、俺達は小声でやりとりする。

「(な、なんでしょう、この脚本。真冬の心に、ここまで何も響《ひび》いてこない創作《そうさく》は珍《めずら》しいですっ！)」

「(ああ……恐《おそ》ろしいぜ。あたしも、真儀瑠先生のことだから、駄目な方向でも、もっと突《つ》き抜《ぬ》けた……ツッコミどころ満載《まんさい》の脚本だと構《かま》えていたんだが……)」

「(私もびっくりだよ。まさか、ここまで無味無臭《むみむしゅう》だとはね……。私以上の脚本才能の無さだね、これは。一応《いちおう》国語教師《きょうし》なのに……)」

「(違《ちが》うわ、アカちゃん。国語教師なことが、ここは逆《ぎゃく》に作用したのよ。つまり、国語に詳《くわ》しすぎるから、逆にプレーンなのよ、この人)」

「(しかし、見事に深い味が出てませんね……。生徒会という物のすっごい表面をサラーっとなぞってみた、みたいな。正直、滅茶苦茶《めちゃくちゃ》残念な感じです)」

「(そうねキー君。まあ、国語教師としては、見事な例文だという気もするわ)」

「(それだっ、知弦！ これ、テストの問題みたいなんだよ！ テストで出てくる、例文！ それでいいんだけど、全然味がないの！)」

『(あー)』

全員が納得《なっとく》したところで、真儀瑠先生が自信ありげな笑《え》みを見せてくる。

「よし、CMはこれで決定だなっ！」

『いやいやいやいやいや』

全員で否定《ひてい》する。真儀瑠先生はとても不満そうに、ぷくっと頬《ほお》を膨《ふく》らませた。

「この完璧な脚本の、どこにケチの付け所があると？」

「いや、完璧っちゃ完璧なんですけどね。えーと、その、なんて言ったらいいか……」

駄目《だめ》だ。ボケにはツッコミ慣《な》れているが、「まともなもの」の否定は、どうしたものか全然分からない。

俺達が微妙《びみょう》な空気を醸《かも》し出していると、先生は「ふん」と鼻を鳴らして胸《むね》の前で腕《うで》を組んだ。

「そうかそうか。国語教師の私の才能に、嫉妬《しっと》しているんだな、杉崎」

「え」

「それはそうだろうな。事実を記すだけとはいえ、一応作家の真似事《まねごと》をしているお前のことだ。自分以上の才能を持つ者の文章を見せられれば、凹《へこ》んでしまうのも分かる」

「おー、やべ、教師殴《なぐ》って退学《たいがく》エンドになりそうですよ、今の俺。それでも後悔《こうかい》しない勢《いきお》いですよ、今の俺」

「では、完全なる実力差を示《しめ》すためにも、第一話の予告も見せてやろう」

そう言って、先生は新たなプリントを俺達に配り始める。

「こういうこともあろうかと、備《そな》えておいたんだ」

「……そうですか。ちなみに、地震《じしん》とかには……」

「特に備えてない。そんな余裕《よゆう》はない」

「ですよね」

どうでもいい会話をしているうちに、全員にプリントが行き渡《わた》る。

そうして……例の如く、また当人が演《えん》じる予告が始まった。

会長「今日も議題を話し合うよー」
知弦「おー」
杉崎「おー」
深夏「おー」
真冬「おー」
紗鳥「彼女達の会議が、今始まる！　生徒会の一存、第一話、こうご期待！」

……終わりだった。

『期待できるかぁ――――――――――――――――――――！』

全員で、今度は口に出してツッコム！　真儀瑠先生はびくっとしていた。

「な、なんだお前等《ら》。私のこの、第一話の内容《ないよう》を的確《てきかく》に表《あらわ》した予告の、どこに不備《ふび》があるというんだ」

「全部だよっ！　全然予告になってないというか、面白くなさそうだよ！」

「しかし、生徒会室で会議をするだけという内容が、ぎゅっと濃縮《のうしゅく》された、いい予告だと思うんだが……」

「濃縮しすぎですぅ！　真冬は、もっと具体的な予告が見たいですよ！」

「ネタバレになるだろう」

「いやいやいや、せめてあたし達のキャラクター性《せい》ぐらい明かせよ。『おー』しか言ってないぞ、会長さん以外」

「声優《せいゆう》さんが『おー』の言い方にバリエーションを持たせれば、大丈夫《だいじょうぶ》だ」

「なんなんですかその声優さんに対する異様《いよう》にハードル高い演技《えんぎ》の要求。……せめて、私達の名前ぐらいは、言いましょう。それぐらいの時間は、まだ余《あま》ると思いますが？」

「紅葉《あかば》の言う通り、確《たし》かに時間は余るが……そこは、私の美貌《びぼう》を映《うつ》すのが吉《きち》じゃないかな」

「そんなんで食いつくの、俺ぐらいですよ」

「杉崎は食いつくんだ……」

会長に呆《あき》れられてしまった。俺はこほんと咳払《せきばら》いして、改めて真儀瑠先生を見据《みす》える。

「真儀瑠先生。先生は本当に、『生徒会の一存』という小説を愛してますか？」

「勿論《もちろん》だ。私なりに、その魅力《みりょく》を余すところなく引き出しているつもりだ」

「……そうですか」

「大体毎回こんな感じだろう、お前等の小説なんて」

「やっぱ全然愛を感じねぇ――――――――！」

なんか酷《ひど》い姿勢《しせい》だった。もうこの人に任《まか》せておくとろくなことにならないので、顧問《こもん》は無視《むし》してやはり俺達で予告を作っていくことにする。

「さて、そろそろちゃんとマトモなものを作りましょうよ」

「そうね。そろそろ、纏《まと》めに入った方がいいわね」

知弦さんが同意してくれる。うんうん、やっぱりこの人は頼《たよ》りになるなぁ。

「ですよね。よし、ここは俺と知弦さんというゴールデンコンビで協力して、さくっとそれらしい予告を制作《せいさく》――」

「むしろ情報過多《じょうほうかた》にするという手もあると思うの」

「……知弦さん？」

あれ？　なんだろう、凄《すご》くイヤな予感がしてくるんですけど……。

知弦さんは、ニッコニコと優《やさ》しく微笑《ほほえ》んでいる。……う、うん、勘違《かんちが》いだよな。この人は、ここぞという時にはちゃんと働いてくれる人――

「エヴァン○リオンのように、気になる専門《せんもん》用語を大量に提示《ていじ》していくのよ」

「……えーと、知弦さん？」

「『残響死滅《エコー・オブ・デス》』『閃閃風神《ライジングエア》』『逃亡群鶏《チキン・チキン》』『杉崎鍵二股疑惑《けんふたまたぎわく》』」

「いや、最後のだけ勘弁《かんべん》してくれませんかねぇ！　確かに一巻《かん》の内容ですけどっ！」

「『男子副会長の死』『壮絶《そうぜつ》な過去《かこ》』『ハーレム妄想《もうそう》男の不審《ふしん》死』」

「アニメ版《ばん》、俺死ぬの!?　序盤《じょばん》から俺死ぬんですか!?」

「『猟奇《りょうき》殺人事件《じけん》』『幼女誘拐《ようじょゆうかい》事件』『碧陽《へきよう》三大密室《みっしつ》殺人事件』」

「え、それ、最早《もはや》原作完全無視ですよね？」

「『全《すべ》ては二十四時間以内』『牢獄《ろうごく》からの脱出《だっしゅつ》』『謎《なぞ》の島からの生還《せいかん》』『能力者《のうりょくしゃ》達』」

「うん、完全に海外ドラマのシナリオをパクってますよね、アニメ版」

「でも、気になるでしょう、内容」

「いや、まあ、確かに気になりますけど。めっちゃ、気になりますけどね」

確かに真儀瑠先生の予告よりは、「第一話見てぇー！」と思わせる予告だった。

「でも、本当にそんな内容なんですか？　アニメ版」

「ううん。全然」

「じゃあ駄目《だめ》でしょう！」

「大丈夫《だいじょうぶ》よキー君。伏線放《ふくせんほう》り出す作品なんて、世の中いくらでもあるじゃない」

「そんな急に毒を吐《は》かれましても」

「オープニングに出てきてたキャラが、最終回まで出て来ないアニメだってよくあるのよ」

「そ、そりゃそうですけど」

「むしろ、全《すべ》ての『それっぽい用語』が完全に説明されたアニメ・漫画《まんが》・ラノベなんて、この世に何本あることか……」

「いやまあ、そうですけど。それを意図的にやるのは、マナー違反《いはん》でしょう」

「そう言う『生徒会の一存』だって、『残響死滅《エコー・オブ・デス》』に関する伏線、未回収《みかいしゅう》じゃない」

「未回収もなにも、妄想ですからねぇ！」

「じゃあ、アニメ版予告で『それっぽい用語』を羅列《られつ》しても、後から『全部妄想でしたからｗサーセンｗ』で済《す》ませられるんじゃないかしら」

「うっわ、なにその腹立《はらた》つアニメ！」

「とにかく、私は予告手段《しゅだん》として、『情報過多』を推《お》すわ」

知弦さんは自分の意見を言い切ると、もうこれ以上話すことは無いと言わんばかりに、黙《だま》り込《こ》んでしまった。く……この人も結局戦力外かっ！

当然ながら、真儀瑠先生は勿論《もちろん》、情報を絞《しぼ》る意見の会長、とにかく『見栄《みば》えするシーン』ばかりを推してくる深夏も戦力外。仕方ないので、こうなったらいつも通り俺《おれ》がちゃんとした予告を――

「先輩《せんぱい》先輩っ！　可愛《かわい》い後輩も、ほら、力になりますよっ！　アニメと言ったら、真冬ですよー。インドアの女王がここに居《い》ますよー」

「さあて、じゃあ予告に関しては、俺が一人でやっておきますねー」

「先輩!?　聞こえてないんですかっ!?　ほらほら、とても戦力になる後輩が、ここに……」

「ふぅむ。まずは短い時間で生徒会の空気を伝えるために――」

「先輩っ！」

いよいよ真冬ちゃんが勢《いきお》い良く立ち上がってしまったので、流石《さすが》の俺も無視《むし》できず、彼女の方に視線を向ける。真冬ちゃんは……涙目《なみだめ》だった。

「ど、どうして真冬を無視するんですかっ！」

「真冬ちゃん……ごめん」

「先輩は……先輩はっ」

「うん……真冬ちゃんには、もう、飽《あ》きたんだ」

「っ！　な、なんてことを……」

真冬ちゃんがおいおいと泣き出す（勿論、演技《えんぎ》だが）。俺達の様子を見ていた深夏が、「会話だけ聞くと完全に別れ話だな」と呟いていたが、妹がこんな扱《あつか》いなのにキレてないところを見ると、ちゃんと状況《じょうきょう》を理解《りかい》してくれているようだ。

俺は、言葉を省略《しょうりゃく》するのをやめ、きちんと真冬ちゃんに告げる。

「もう、こういうことに関して真冬ちゃんが趣味《しゅみ》に走ってまるで役に立たないことは立証《りっしょう》済《ず》みだからさ。どうせBLとかゲーム要素《ようそ》入れようって話するんだろうし、そういうのは、もう飽きたかなって……」

「ひ、酷《ひど》いです！　それが、真冬のことを好きだ好きだと言っていた人の言葉ですかっ！」

「真冬ちゃん。いくら愛していても、それとは別問題ということ、世の中には沢山《たくさん》あるんだよ」

「それぐらい、愛で乗り越《こ》えて下さい！」

「…………。……じゃあ、真冬ちゃん、俺のエロゲ好きとか、女好きとか、浮気性《うわきしょう》とか、有り余《あま》る性欲《せいよく》とか、全部乗り越えてくれる？」

「あ、無理です」

即答《そくとう》だった。……何回目かの疑問《ぎもん》かもう分からないが、そもそもどうして、こんな俺達の間に恋愛感情《れんあいかんじょう》が発生しているのだろう。最近じゃむしろそっちの方が不思議だが、好きなものは好きなのだから仕方ない。

とりあえず落ち着きを取り戻した真冬ちゃんだったが、しかし、それでも引かなかった。

「採用《さいよう》するかどうかは別なんですから、意見ぐらい、聞いてくれてもいいじゃないですか、先輩」

「まあ……そうだけどさ」

俺が折れると、真冬ちゃんは目をキラキラと輝《かがや》かせ、「じゃあじゃあっ！」と前のめりに意見してきた。

「真冬は、セリフ重視の予告が好きですっ！」

「セリフ重視？　ええと、真儀瑠先生が提案《ていあん》した、雑談《ざつだん》をやるようなこと？」

「あ、違《ちが》います。あんな駄作《ださく》と一緒《いっしょ》にして貰《もら》っては困ります」

いつも通りサラリと酷《ひど》い真冬ちゃんの発言に、先生は「駄作……」とまたしょぼーんとしていた。……案外打たれ弱いな、この人。

「どちらかというと、お姉ちゃんと紅葉先輩の発想に近いです。本編《ほんぺん》で使われる『気になるセリフ』を、ピックアップ、CMで断片的《だんぺん》にバンバン流すんです」

「ふむ。まあ、確《たし》かに王道な演出《えんしゅつ》ではあるよね」

というか、大体の「予告」っていうのはそんな感じだ。次回の重要部分をネタバレし過《す》ぎない範囲内《はんいない》で引っ張《ぱ》り出して、繋《つな》げて、流す。

真冬ちゃんは「例えば、第一話ですが……」と、ポシェットから取り出した一巻《かん》の第一話を参照しながら、提案してきた。

「まず、『駄弁《だべ》る生徒会』からセリフを抜《ぬ》き出しての予告ならですね……」

「ふむふむ。これは意外と期待できそう――」

「『ぶっ!』『にゃわ!』『嘘《うそ》だ!』『あうー』『え?』あたりですかね」

「第一話、どんな内容《ないよう》!? 全く伝わってこないんだけどっ!」

「会長さんの発言ばかりを抜き出してみました」

「なんでよ！」

会長が立ち上がる。

「しかも、よりにもよって、なんでそんな発言だけ抜き出すのよ！」

「会長さんらしいです」

「どんな『らしさ』よ！　第一話前にそんなの流したら、私、頭のおかしいキャラだと思われちゃうじゃない！」

「よく伝わってます」

「どういう意味よー！」

会長が暴《あば》れ出しそうになるのを、すんでのところで知弦さんが抑《おさ》える。……真冬ちゃん、いちいち人の心にグサグサ刺《さ》さる発言をする子だ。

俺は、ずきずきと痛《いた》む頭に手をやりながら、呟《つぶや》く。

「真冬ちゃん……やりたい方向はいいと思うんだけど、抜き出すセリフをもうちょっとどうにか出来ないか？」

「？　真儀瑠先生のように、凡庸《ぼんよう》になるよりいいと思います」

「うん、真儀瑠先生よりはセンスあると思うけどね」

俺達の会話で、真儀瑠先生はより一層《いっそう》、「ずーん……」と沈《しず》み込んでしまっていた。

……うん、これ以上無意味にあの人を傷《きず》つけるのはやめよう。

俺は先生のフォローの意味も込めて、真冬ちゃんに注文する。

「でも、真儀瑠先生を多少見習って、もうちょっとオーソドックスにしても……」

「そうですか？　分かりました。じゃあ、その辺を考慮《こうりょ》して、第二話の予告を作ってみます」

真冬ちゃんはそう言うと、一巻の二話『怪談《かいだん》する生徒会』をサラッと読み、そうして、目についたらしいセリフを抜き出していく。

「『ひぅ！』『ひぃぃぃぃぃぃっ！』『ひゃあ！』『いやあああ！』『きゃあああああああ！』」

「怖《こわ》いよっ！　どんな惨劇《さんげき》起こるんだよ、第二話！」

「また私の発言ばっかりだしぃいっ！」

会長がまたキレていた。しかし、真冬ちゃんはきょとんとしている。

「第二話は『怪談する生徒会』ですから、こう、恐怖《きょうふ》がよく伝わって、すごく素晴《すば》らしい予告だと、真冬は思うのですが」

「だから、もっとオーソドックスでいいって！才能《さいのう》は感じるけど、その代わり人を突《つ》き放している気がするよ！　奇才《きさい》だよ！」

「奇才……なんかいい響《ひび》きです、奇才。奇才、椎名真冬。……いいです」

なんか真冬ちゃんが悦《えつ》に入ってしまっている。俺は嘆息《たんそく》しながら、「とにかく」と切り出した。

「セリフを抜き出すという方向性《ほうこうせい》は、本当にいいと思うんだ。だから、もうちょっと俺達一般人《いっぱんじん》にも理解《りかい》出来る予告にしてくれませんか、奇才・椎名真冬先生様」

「……うむ。そこまで先輩《せんぱい》が言うなら、真冬、考えてあげなくもないです。じゃあ、第三話でやってみます」

そう言って、また真冬ちゃんは小説をぺらめくる。『放送する生徒会』で予告をやるようだ。

真冬ちゃんは一読を終えると、早速《さっそく》、セリフを抜き出してきた。

「『桜野くりむの！　オールナイト全時空！』『リスナーあっての、パーソナリティだ！』『お便りのコーナー！』『こんばっぱー！』」

「ちょっと待て」

「なんですか先輩。折角《せっかく》、奇才である真冬がかなりレベルを落として、分かりやすくしたというのに……」

「いや、あの、うん。確かに、分かりやすいんだけどね。抜《ぬ》き出す部分はオーソドックスなんだけどね。…………ごめん、原作が悪い」

俺は認《みと》めた。……なんだこれ。ラジオじゃん！　アニメじゃなくてラジオじゃん！　小説じゃなくて、ラジオじゃん！　誰《だれ》だっ、こんな話書いたの！　アホかっ！　作者出て来い！　この話の元になった出演者《しゅつえんしゃ》、全員出てきて俺に謝——

「…………」

ことここに至《いた》って。俺は……悟《さと》ってしまった。いや、俺だけじゃない。俺と同時に、どうやら、生徒会の皆《みな》が気付いたようだった。その……恐《おそ》るべき事実に。

今まで全員勝手なことばかり言っていたのが嘘《うそ》のように、生徒会室が静まりかえる。

『…………』

……代表して。

俺が、そのあまりに悲しい結論《けつろん》を告げることにした。

「……いや、予告云々《うんぬん》以前に、むしろ早急《さっきゅう》に内容《ないよう》をどうにかすべきなんじゃ……」

…………。

皆、気まずそうにサッと顔を背《そむ》けた。

…………。

そんなわけで、生徒会の一存《いちぞん》シリーズ。何の反省も無いまま、いよいよ六冊《さつ》目も終わろうとしております。

【最終話〜楽園を遠く離《はな》れて〜】

「別れは、いつか必ずやってきちゃうのよ……」

いつの日だったか、会長が小さな肩《かた》を震《ふる》わせて、寂《さび》しそうに呟《つぶや》いていた。

確《たし》かあれは……春の、俺《おれ》と会長がたまたま二人きりで生徒会室に居《い》た時のことだっただろうか。珍《めずら》しく俺より先に来ていた会長が、俺に気付かないまま、ケータイの画面を見つめながら呟いていたのだ。誰かの写真を見ていたようだったけど、流石《さすが》の俺も、空気を察して追及《ついきゅう》はしなかった。

別れは、いつか必ずやってくる。

その言葉から俺が連想してしまうのは、やはり、飛鳥《あすか》のことだ。あいつが俺の傍《そば》から居なくなるなんて、想像《そうぞう》もしていなかった。林檎《りんご》にしたってそうだ。家に帰れば、いつだって「おかえりっ、おにーちゃん」と微笑《ほほえ》んでくれると信じていた。

なくなるなんて、ありえないと思っていた。

だけど、それは、あっけなく消えてしまって。

……俺の、せいで。

世界は、簡単《かんたん》に欠ける。

そう思った。世の中っていうのは理不尽《りふじん》で、平和なんていうのは幻想《げんそう》で、幸福は恒久的《こうきゅう》なものではないと。そう、確信《かくしん》するまでに至《いた》っていた。

この学校に、来るまでは。

＊

「利益《りえき》のために他者を蹴落《けお》とすのは、当然だな」

俺がそう返すと、枯野恭一郎《かれのきょういちろう》は満足そうに微笑んだ。

深夜の体育館、薄闇《うすやみ》のステージの上。ここに枯野を呼《よ》び出したのは、俺の方だ。普段《ふだん》なら俺の提案《ていあん》なんてまず疑《うたが》ってかかる枯野だが、こと、俺がいよいよ退学《たいがく》するという今日に至っては、最後の情《なさ》けと言わんばかりに、誘《さそ》いに乗ってくれた。

枯野はカツカツと革靴《かわぐつ》を鳴らして、ステージの上を歩く。

「私は子供《こども》が嫌《きら》いでね。彼らは間違《まちが》いを犯《おか》しても、若《わか》い、幼《おさな》いという免罪符《めんざいふ》で守られる。責任《せきにん》という言葉の意味を、知ろうともしない」

「…………」

「かといって全《すべ》ての大人が優秀《ゆうしゅう》だとも思わないが、だが大人には、子供と決定的に違う点が、一つある」

「なんです？」

「ビジネスを知っている、ということだよ。金や名誉《めいよ》、そういうものの価値《かち》を、きちんと認識《にんしき》している。だからこそ、交渉《こうしょう》や取引が成り立つ」

枯野はそこで、微笑《びしょう》を俺に向けた。

「その点においては、私はキミを評価《ひょうか》しているよ、杉崎鍵《すぎさきけん》。少なくともキミは、まともな取引の成り立つ相手では、あった」

「……あ、そ」

「私が一番嫌いなのは、金や名誉の価値も知らず、愛や友情《ゆうじょう》が一番大事と吠《ほ》える子供だ」

「じゃあ俺も駄目《だめ》ッスね」

「そうでもないさ。私には理解《りかい》出来ない思想だが、キミの場合は、全部わかった上で、愛や友情を取っているフシがある。愚《おろ》かだとは思うが、理解できないほどではない」

「全然嬉《うれ》しくない」

「だろうな」

枯野はくくと笑い声を漏《も》らす。本当に機嫌《きげん》がいいようだ。相変わらず腹立《はらた》つ対応《たいおう》ではあるが、幾分《いくぶん》、いつもより人間味が感じられる。

まあ、俺に関する問題はこいつに一任《いちにん》されていて、大分ストレスになっていたようだしな。それから解放《かいほう》されるとなれば、笑いの一つも漏らしたくなるか。

ひとしきり会話した後、枯野は「さて」と仕切りなおす。

「学園を去る準備《じゅんび》は、出来たかね」

真面目《まじめ》に言おうとしたようだが、どうしたって、内面から滲《にじ》み出る「にやけ」は消し去れておらず、それが非常《ひじょう》に腹立たしい。

しかし俺は……それにつっかかりもせず、こくりと、頷《うなず》き返した。

「退学届《とど》けは、既《すで》に理事長に提出《ていしゅつ》しました」

「そうか。それでは、もう、既にキミはここの生徒ではないということだな」

「そういうことです」

そう返すと……枯野は、心底嬉しそうに口の端《はし》を吊《つ》り上げた。

俺は、取引に関しての、確認《かくにん》を取る。

「それで、約束は守ってくれるんですよね？」

「約束？」

「俺がやめる代わりに、あんたらが何を支払《しはら》うかってことです」

「さあて、どんな契約《けいやく》だったかな」

とぼける枯野に、俺は、苛立《いらだ》ちを抑《おさ》え、対峙《たいじ》する。……ここが、正念場。この流れなら……いけるはずだ。

俺は一端深呼吸《いったんしんこきゅう》し、いままでに理解した全てを、できるだけ簡素《かんそ》に、そして正確にまとめる。

「碧陽《へきよう》学園には……ここの生徒達には、世界的な流行を発生させる特性《とくせい》がある。世間で言う流行発信基地《きち》の、強力版《ばん》とでも言おうか。まあ、超常現象《ちょうじょうげんしょう》というよりも、偶然《ぐうぜん》の類《たぐい》なんだろうけど。

とにかく。本来なら、そんなこと誰も気付かなければそれまでのはずなんだけど……企《き》業《ぎょう》はそこに目をつけ商業的な利益を得ていた。スタッフと呼《よ》ばれる、教職員《きょうしょくいん》にまぎれた人員達により、生徒達の感情を自分達の都合のいいように扇動《せんどう》してまで」

「その通りだ。普通《ふつう》の企業の、一般人《いっぱんじん》アンケート調査《ちょうさ》と同じだ。我々《われわれ》はただ、流行の先読みを行っただけ。利益《りえき》を求めるものとして、当然の行動だな」

枯野の対応にカチンと来たものの、それでも、平静を保《たも》って続ける。

「しかしこのシステムには弱点がある。それは、このシステムは、ここの生徒があくまで『何も知らない一般人』だからこそ成り立っているということ。そりゃそうだ。一般人の流行を体現《たいげん》するのは、やっぱり一般人しかいないもんな」

「その通り。神も、小賢《こざか》しいルールを作るものだ」

「そして俺は……。……俺は、放課後雑務《ざつむ》をこなす中で教職員の不自然な動きに気付き、独自《どくじ》に調査。真相を、知った」

本当は、起動させっぱなしで落としてしまったICレコーダーが、校務員さんに回収《かいしゅう》され、職員室に預《あず》けられたため、たまたま『スタッフ』の会話を録音してしまっていたのがキッカケなんだが……言わないでおこう。

枯野は、苛立たしげに舌打《したう》ちした。

「スタッフの大失態《だいしったい》だ。気が緩《ゆる》んでいたのだろう。キミという生徒に知られた時点で、このシステムは破綻《はたん》しかねなかった。キミはこの時点で一般人ではなくなってしまったわけだからね。まあ、幸い一人に知られたぐらいでは揺《ゆ》らがないでくれたが。キミは、我々にとって爆弾《ばくだん》のような存在《そんざい》になった」

「でも、かといって俺一人の力で企業を潰《つぶ》すなんていうのは、アニメじゃないんだし、不《ふ》可能《かのう》な話だ。全《すべ》てをそのまんま暴露《ばくろ》するのも無理。そんなことをすれば、酷《ひど》い報復《ほうふく》活動を受けて、身近な人間に被《ひ》害《がい》が及《およ》ぶ可《か》能性《のうせい》がある。だから……」

「キミは我々に取引を持ちかけた。システムの崩壊《ほうかい》は我々にとっても本意ではない。それは、最優先《さいゆうせん》で回避《かいひ》すべきことだ。だからこそ……キミという爆弾の退学《たいがく》の代わりに、生徒の心を乱《みだ》すような介入《かいにゅう》を今後はしないことを……約束したな」

そう。こいつらが学園を見て流行を先読みして利益を得ているだけなら、別に何も問題はなかった。それこそ、普通のアンケートとやっていることは変わらない。だけど……こいつらは、「介入」してやがった。踏《ふ》み越《こ》えてやがった。教職員を使って、怪談《かいだん》の噂《うわさ》を流したり、特定の商品を流行《はや》らせようとしたり。学園の雰囲気《ふんいき》を……俺達の大好きなこの学園の空気を、自分達の都合で変えようとしやがった。

そんなのは、気付いてしまったら、我慢《がまん》ならなかった。世界の流行なんて知ったことではない。でも、自分達が楽しむことぐらい、自分達で決めたい。青臭《あおくさ》いことを言わせて貰《もら》えば、大人の敷《し》いたレールの上だけを走る学校生活なんて、俺はまっぴらごめんだ。

睨《にら》み付ける俺に対し、枯野は、ニヤリと笑う。

「約束しよう。我々はもう、生徒の意志《いし》を先導《せんどう》するような活動はしない」

その目を、ジッと見つめる。枯野も、俺の目を無感情《むかんじょう》な瞳《ひとみ》で見つめ返していた。

………。

結論《けつろん》は、出た。

俺は……。

「くくく……くく……あはははははっ！」

笑う。あまりに可笑《おか》しくて、可笑しくて、可笑しくて、笑う。

枯野は、不快《ふかい》そうに俺を見下していた。

「何を笑っているんだね」

「何を？　何をだって？　そんなの決まっているじゃないか。くくっ」

俺は、笑いを押《お》し殺せないまま、続ける。

「この、茶番劇《ちゃばんげき》をだよ」

「茶番……だと？」

聞き捨《ず》てならないという風に一歩近づいてくる枯野。おお、大人が子供《こども》を威圧《いあつ》しているよ。怖《こわ》い怖い。だけど……それ以上に、滑稽《こっけい》。

「ああ、茶番だ。何が取引成立だ。確信《かくしん》したよ。あんたらは、約束を守らない」

「なぜそんなことを言う。我々は、ビジネスをしたんだ。これは契約《けいやく》だ。企業を名乗るからには、取引は確実に……」

「いいや、あんたらは《利益》を追求するね。ずっとあんたが言い続けてきたことだ」

「っ！」

初めて、枯野の表情に動揺《どうよう》が走った。俺は、ステージ上、枯野の周囲を歩きながら、言葉を叩《たた》きつける。

「あんたらは、やっぱり俺を子供だと馬鹿《ばか》にしていた。知ってるか？　俺は、わざと穴《あな》のある契約を持ち出したんだ。あんたらが学園に介入しないという確証《かくしょう》を得られる、証拠《しょうこ》の提示《ていじ》さえ求めなかった。そうしたら……案の定、そこには何も触《ふ》れないで、取引を成立だと言ってきやがった」

「そ、それは……やはり究極的には、信用問題だろう。そんなことで文句《もんく》をつけ始めたら、キリがないではないか」

「ああ、そうだな。だから俺は、この契約が信用に足るのか……あんたが信用に足る人物なのか、何度か試《ため》させてもらった。結果は……言うまでもないよな」

「…………」

俺の言葉に、枯野恭一郎は黙《だま》り込《こ》む。しばらく沈黙《ちんもく》を貫《つらぬ》いたものの……しかし、唐突《とうとつ》に、開き直ったように笑い声を漏《も》らし始めた。

「ふふ……ふふふっ。いやぁ、見事な《主人公》ぶりだな、杉崎鍵。これが小説やドラマだったら、私は、ここらで負けを認《みと》めて泣き崩《くず》れたりするべきなんだろうな」

「そう思うなら、そうしたら？」

「ははは、そうしたいのは山々だがな。しかし……やはり追い込みにしては、あまりにお粗末《そまつ》ではないかね？　我々《われわれ》が信用出来ないのは理解《りかい》した。しかし、だから、なんなのだね。この取引が不成立に終われば、結局は、現状維持《げんじょういじ》。キミは何も出来ず、そして我々はこれからも学園に介入するということ」

「その通りだな」

得意げに反論《はんろん》していた枯野恭一郎だが、俺が全く動じもせずそう返すと、ぴくんと眉《まゆ》を吊《つ》り上げた。

俺は、そろそろ、この茶番劇の幕《まく》を下ろす……いや、幕を上げることにした。

「でも、こういう状況《じょうきょう》なら、どうだ？」

その言葉と共に、ポケットに入れておいた、スイッチを押す。

モーターの駆動音《くどうおん》と共に、体育館とステージを隔《へだ》てていた幕が、ゆっくりと上がって行く。

「一体、なんだと……」

枯野は心底疲《つか》れたように嘆息《たんそく》し、ボンヤリと開く幕の方に視線《しせん》をやり――

「………」

固まった。

そこには。

体育館には。

深夜の体育館に、居《い》た、者は。

ただの。

生徒。

そう。

なんでもない。

ただの。

生徒
生徒
生徒
生徒
生徒
生徒
生徒
生徒
生徒
生徒
生徒
生徒
生徒
生徒
生徒
生徒

生徒
生徒
生徒
生徒
生徒
生徒
生徒
生徒
生徒
生徒
生徒
生徒
生徒
生徒
生徒
生徒

約七百人の。

暗闇《くらやみ》の中で佇《たたず》む。


全校、生徒。

「な――」


枯野は、口をぱくぱくとさせていた。そこにはもう、大人の余裕《よゆう》など、なにもない。

枯野が状況《じようきよう》を理解《りかい》する以前に、生徒の一番先頭側……生徒会役員達から、ぶーぶーと文句《もんく》が上がり始める。

「キー君！　大変よ！　ずっと暗闇でこそこそしていたせいで、アカちゃんがもうおねむさんよ！」

「くー……くー……」

「あたしも、正直疲れてるんだがっ！　っつうか、なんで全校生徒でお前の演劇《えんげき》練習に参

加しなきゃならねーんだよ！」

「そーです！　真冬《まふゆ》もネットゲームしたかったんです！　なのに、深夜に物音立てずひっそり整列して、その上、舞台《ぶたい》上の音声だけ聞いて待ってろって……もう、意味がわからないです！　しかも、例の、杉崎先輩脚本《せんぱいきゃくほん》の《企業《きぎょう》ネタ》！　つまんないです！」

「……な、な、な……」

枯野が、ギギギと首をこちらに回す。俺《おれ》はニィッと微笑《びしょう》した。ここからのトークは、生徒に聞かれるわけにはいかない。隠《かく》しマイクのスイッチを切り、枯野の傍《そば》による。こそこそと、近くで、密談《みつだん》するように喋《しゃべ》りかける。

「そういうわけです、枯野さん」

余裕《よゆう》を見せつけるため、改めて敬語《けいご》で接《せっ》する。

「な、な、なにがそういうわけだ！　どういうことだ！　これは……貴様《きさま》、生徒達に全《すべ》てバラして――！」

「いいえ。バラしてませんよ。そんなことしても、企業からの報復《ほうふく》を受けるだけですからね」

「当然だ！　分かっているだろうな、貴様のしたことは何千億円という損害《そんがい》を――」

「俺の創作《そうさく》小説を、劇《げき》にしてみただけですが、何か？」

「……え？」

ぽかんとする枯野に、俺は、この状況を正確《せいかく》に伝えてやることにする。

「つまり、今の俺達の状況を……生徒達……いえ、読者は、俺が『生徒会の一存《いちぞん》』シリーズで一巻《かん》から四巻まで通して描《えが》いてきたプロローグとエピローグを元にした、《創作》だと、思っている現状《げんじょう》です」

「な……に？」

まだ、枯野は現状が理解できていないようだ。「待て、待て」と、整理するように、俺に確認《かくにん》をとってくる。

「なんの話をしている。あの、お前等が書いている本のことか？　あれに関しては、三巻のエピローグで、我々監修《われわれかんしゅう》の下《もと》テキトーなオチをつけ、一端《いったん》企業に関するシリーズ要素《ようそ》を終《お》わらせたはずだ。四巻に至《いた》っては、プロローグもエピローグも……」

「ありますよ、《隠蔽《いんぺい》された》シリーズ」

「なーー」

「《存在《そんざい》しえない》シリーズは、あんたの言う通り、三巻で素直《すなお》に終わらせたさ」

「そうだ、そのはずだ！　私だって、今回は流石《さすが》に現物《げんぶつ》を確認した！　あがってきた見本は、確《たし》かにーー」

「見本は、でしょう？」

「っ！　貴様……まさかっ！」

枯野恭一郎の表情《ひょうじょう》が驚愕《きょうがく》に歪《ゆが》んだところで、俺は、「実際《じっさい》に発売された三振《さんしん》と四散」を取り出し、彼に放《ほう》る。枯野は乱暴《らんぼう》に三振と四散をめくり、そして、実物を確認して、「な、なんてことを……」と冷や汗《あせ》をかいていた。

「……確かにちょっと面倒《めんどう》なことだけど、やってやれないことはないんですよ、この程度《ていど》。とりあえず企業に献本《けんぽん》する本の方は、ヤバイ部分を削《けず》っただけ。……どうせまだ俺達を舐《な》めきっているあんたらのことだ。市場の本をわざわざ買ってまでチェックなんて、やりそうもないと踏《ふ》んだ」

「く……貴様！　分かっているんだろうな！　こんなことをしたからには、それ相応《そうおう》の企業からの報復が待っていると覚悟《かくご》ーー」

「報復？　ハッ、あんたらには無理だね」

「なんだと……。馬鹿《ばか》にしているのか。我々は、企業として大きな損害を被《こうむ》り、顔に泥《どろ》を塗《ぬ》られたのだ。貴様みたいな庶民《しょみん》に報復することなど、造作《ぞうさ》も——」

「だから、無理ですって。俺に……俺達に手をだすことは、出来ない。それ以前に、そもそも、報復の理由が無い」

「理由が無い……だと？　なにを馬鹿なっ！　企業の内情を暴露《ばくろ》しておいてっ」

「だから、それが、勘違《かんちが》いなんですよ」

「勘違い……だと？」

この石頭のアホ大人に、俺は、「いいですか」ときちんと丁寧《ていねい》な口調で説明してやることにする。

「ライトノベルに描かれているこんなファンタジックな設定《せってい》が、現実《げんじつ》に起こっていることだと信じる読者なんて、何割《なんわり》いると思っているんです」

「…………。……待て。なんだ。どういうことだ。なんだ、これは」

「だから、さっきから言っているじゃないですか。《企業》に関するあれやこれは、少なくとも現状、全国の読者は勿論《もちろん》《創作》だと思ってるっつうことです」

「だが、ここの生徒は少なくともこの舞台が存在することを……」

「ええ。ですが、ここの生徒には事前に『俺が活躍《かつやく》する、俺の創作！』と宣言《せんげん》してあります。……おかげでめっちゃ白い目で見られてますが。すげー痛《いた》い子扱《あつか》いですが。俺の普段《ふだん》の振《ふ》る舞《ま》いを見ている生徒達からすれば、とても自然な行動でしょう」

「………待て。頭が痛い」

枯野は眉間《みけん》を押《お》さえ、唸《うな》り始めてしまった。

体育館からは、「キー君！　アカちゃんがっ！　アカちゃんが、完全にオチてしまったわ！　私、おんぶするの結構《けっこう》つらいんだけどっ！」との知弦《ちづる》さんの文句《もんく》や、会長の寝息《ねいき》、更《さら》に、生徒全体の「疲《つか》れたー」「帰りたいー」などの、やる気のなーいブーイングが聴《き》こえてくる。……全然締《し》まらない。……ええいっ、深夜こっそり整列したあの結束力はなんだったんだよ！　お前らの集中力は、その程度なのかっ！

そうこうしているうちに、枯野が、ようやく状況《じょうきょう》を把握《はあく》して小声で俺に話しかけてくる。

「つまり……なんだ。ここの生徒や読者は、我らの現状をほぼ正確に理解《りかい》しているが……」

「あくまで創作として、ですね」

「……で、一応《いちおう》、まだシステムに影響《えいきょう》は……」

「ないはずです。誰《だれ》も信じてないんで、悪用も何もないです」

「しかし、我《われ》らと同等に現状を把握はしていると」

「四散のエピローグで描かせて貰《もら》いましたから、バッチリ。ルールの把握は完璧《かんぺき》でしょう」

「……それで……」

枯野は俺を睨《にら》みつける。

「お前は、何がしたいんだ」

ようやく、ここまで来たか。

俺はニィッと笑《え》み、早速《さっそく》要求を突《つ》きつけることにする。

「俺の退学《たいがく》は勿論無し。かつ、企業撤退《きぎょうてったい》。で、ＯＫです」

枯野は心底呆《あき》れた表情をし、嘲《あざけ》るようにこちらを見る。

「なんだそれは。そんな貴様《きさま》にだけ利益《りえき》のある取引など、成立するかっ！」

「成立しますよ。だって、企業としては、もうその条件《じょうけん》を呑むしかないのですから」

「ふざけるな！　こんな、貴様らばかりが得をする取引なぞ――」

そこまで枯野が喚《わめ》きたてたところで。

俺はスッと目を細め、そして、彼を見下して、言い放つ。

「利益のために他者を蹴落《けお》とすのは、生物として当然の行動だろう」

「っ!」

枯野は一瞬《いっしゅん》言葉を詰《つ》まらせる。

しかし……彼は、往生際《おうじょうぎわ》が悪かった。

「……いや、そんなのが成り立つものか。そもそも、なぜ我々が撤退せねば……」

「頭の硬い人ですね。今のこの特異《とくい》な状況を、まるで理解していない」

「なんだと?」

「いいですか」

俺はそう告げ、体育館側に歩き、全校生徒を背《せ》に枯野を……脅《おど》す。

「あと一押しということです。今、ここの生徒達は全員、あと一押しで、一斉《いっせい》に真相を理解しかねない状況にあるということです」

枯野が、俺の背後《はいご》の……約七百人の生徒を見回して、ごくりと、喉《のど》をならした。

俺は、更に脅迫《きょうはく》を続ける。

「俺が『全部ホントでした』と暴露したら終わり。こんな扱《あつか》いですけど、俺、そこそこ信用されているんですよ？　深夜に、生徒全員が、こうしてわざわざ集まってくれている事実を見れば……分かるでしょう？」

枯野が、喉からカラカラと、声にならない声を発す。

俺は、無視《むし》して続ける。

「なにより、俺がわざわざ動くまでもなく、今後スタッフが暗躍《あんやく》していることが少しでも気取られたらアウトでしょう。創作《そうさく》だと思っているとはいえ、ある程度《ていど》の情報《じょうほう》を既《すで》に知っている以上、ここの生徒達は、今後は教職員《きょうしょくいん》の不自然な動きに非常《ひじょう》に敏感《びんかん》になりますからね。つまり……もう企業は、下手な手出しが、したくても出来ない」

枯野の顔色が、真っ青になり始める。

俺は、それでも、まだ続ける。

「ですが、まだシステムは成立している以上、《企業》は報復《ほうふく》活動みたいな、馬鹿《ばか》なこともする理由がない。まだこの学校から利益は発生するんですから。確《たし》か《企業》は、《利益》を最優先《さいゆうせん》するんでしたよねぇ？」

「…………」

「……当然、あんたの一存《いちぞん》で、俺を始めとする生徒に手出しは一切《いっさい》出来ない。今や、俺どころか、ここの生徒全員が爆弾《ばくだん》だ。触《ふ》れていいはずがない。誰よりも、《企業》がそれを許《ゆる》さない」

枯野の額《ひたい》に、尋常《じんじょう》じゃない汗《あせ》が滲《にじ》む。

俺は、まだまだ攻撃の手を緩《ゆる》めない。

「結局、あんたらは俺の要求を呑《の》むしかない。俺の退学は勿論《もちろん》無し。学園への介入《かいにゅう》からは手を引く。スタッフは引き上げる。ただ、完全に縁《えん》を切るんでは《企業》にメリットがなくなって、報復活動に走りかねないから……そうだな。真儀瑠《まぎる》先生と理事長だけは残して、二人から学園の様子だけは報告《ほうこく》してやるよ。それでも充分《じゅうぶん》先の流行が読めるから、利益にはなるだろう？　いくら屈辱《くつじょく》でも、この利益まで斬《き》り捨《す》てることは、絶対《ぜったい》出来ないはず」

枯野は、拳《こぶし》を握《にぎ》りこんで俯《うつむ》いてしまった。

しかし……もう、彼は、この要求を受け容《い》れるしかないハズだ。どんなに悔《くや》しかろうが、どんなに企業からその無能《むのう》さを責《せ》められようが。もう、こうなってしまった以上、彼にとっても、企業にとっても、俺達にとっても、この選択肢《せんたくし》が《最善《さいぜん》》。

最早《もはや》、敵対《てきたい》関係もクソもない。むしろ、《企業》は俺達の健《すこ》やかな学園生活を保障《ほしょう》する組織《そしき》にまで、その性質《せいしつ》を変化させる。なぜならそれが、彼らの利益になるから。

そうなるように、俺が、誘導《ゆうどう》した。もう、誰にも逃《のが》れることは出来ない。

しかし枯野は、往生際が悪かった。ただ一言を……「わかった」という、そのただ一言を、まだ言えずにいる。

俺は……とどめを刺《さ》すことにした。

「あんたらは、でっかい勘違《かんちが》いをしているんだ。そもそもここで、俺に勝てるはずがない」

「？　なんだと？　ここは……企業が見つけた、企業の庭だ。神の——」

「違うね」

枯野の言葉を遮《さえぎ》る。

「流行発信基地《きち》？　世界の中心？　神の視聴率調査区域《しちょうりつちょうさくいき》？……ハッ！」

ぶーぶーと、文句《もんく》を言いながらも……しかしこんな深夜に俺の一言で集まり、そして、まだ帰らずにいてくれる全校生徒達を背に、枯野を睨《にら》む。

「ふざけんな。ここはそんなくだらない場所じゃない。ここは……この碧陽学園はっ」

そして、全校生徒をバックに手を広げ――

満面の、笑顔《えがお》!!

「俺《おれ》の、ハーレムだっ!」

枯野の瞳《ひとみ》が、碧陽学園の全校生徒と俺を映《うつ》し……色を、失う。

勝負が、決した。

【エピローグ】

全《すべ》てが決した直後。杉崎鍵《すぎさきけん》が生徒から大ブーイングを受ける中、舞台《ぶたい》の袖《そで》にはけた枯野《かれの》恭一郎《きょういちろう》は、苛立《いらだ》ち紛《まぎ》れに壁《かべ》を蹴《け》っていた。

「くそ……くそっ！　あのガキッ！　あのガキがっ！　こんな報告なぞ出来るかっ！　どう甘《あま》く見積もったって、この件《けん》の責任者《せきにんしゃ》たる私がクビを切られるのは明白！　クソッ、冗談《じょうだん》じゃない！……こうなったら、企業《きぎょう》には報告せず、自らシステムを崩壊《ほうかい》させ、報復活動に踏《ふ》み切らせ——」

「それは無理だな」

「!?」

枯野恭一郎の前に、闇《やみ》の中から、ぬっと、唐突《とうとつ》に人が現《あらわ》れる。

枯野は驚《おどろ》きに目を見開き……そして、その人物の正体を確認《かくにん》し、怒声《どせい》を上げた！

「真儀瑠《まぎる》！　真儀瑠紗鳥《さとり》！」

闇の中から、不適《ふてき》な笑みを浮《う》かべた美女が姿《すがた》を現す。

「よう、ご機嫌《きげん》……は、悪そうだな」

「く……貴様《きさま》っ！　知っていただろう！　生徒会の出版《しゅっぱん》した本に、《隠蔽《いんぺい》された》シリーズが掲載《けいさい》されていることも！　今日のことも、なにもかも！」

「ああ、まあな」

紗鳥はなんの躊躇《ちゅうちょ》もなくそれを認《みと》める。

枯野は「ふざけるなっ！」と壁を叩《たた》いた。

「お、お前のことも《企業》に報告するからな！　クビだ！　お前なんぞ、クビ——」

「そんな権限《けんげん》は、もう今のキミには無いよ」

「!?　だ、誰だっ！」

紗鳥の背後《はいご》から、更《さら》にもう一人……姿を現す、壮年《そうねん》の人物。枯野は彼の姿を見て、ようやく、萎縮《いしゅく》したように声のボリュームを下げた。

「り……理事長」

「やあ、枯野君。色々、失態《しったい》を犯《おか》したみたいだね」

理事長は……スタッフをまとめる立場にあり、碧陽《へきよう》学園のシステムに関する全《すべ》ての責任《せきにん》を負う権力者《けんりょくしゃ》は、不気味な、相変わらず感情《かんじょう》の読めない笑《え》みを浮かべ、枯野に迫《せま》る。

「り、理事長、これは……」

「とりあえず、阿呆《あほう》なことはしないことだ。今回の件に関する全ては、先刻《せんこく》、そこの真儀瑠君によって、全て企業の上層部《じょうそうぶ》に報告済《ほうこくず》みだ。そして、キミの左遷《させん》、私と真儀瑠君以外のスタッフの撤収《てっしゅう》、それらも極《きわ》めて迅速《じんそく》に決定された」

「な——そんな、馬鹿《ばか》な。真儀瑠紗鳥……貴様は……そんな」

枯野は、驚愕《きょうがく》した様子で紗鳥を見つめる。紗鳥は……ここにきて、ようやく、生徒の前で見せるような不敵《ふてき》な「本来の彼女」を曝《さら》け出した。

「自信家で、生徒の信頼《しんらい》も得やすく、能力《のうりょく》は高いが、いざというところで心の弱い女。扱《あつか》いやすいコマ。真儀瑠紗鳥。スタッフとしての適性《てきせい》は、だからこそ高し、か？」

「……」

紗鳥は、「企業の自分に対する評価《ひょうか》」を、まるで他人事《ひとごと》のように上げ連《つら》ね……そして、くくくと、笑う。

「そりゃそうだ。私は、《そういう真儀瑠紗鳥》を演《えん》じていたからな。そうでもしなきゃ、この学校に潜入《せんにゅう》は出来なかった」

「潜……入？」

「おっと、ちょっと喋《しゃべ》りすぎだったたか。理事長、今のは見逃《みのが》せ」

紗鳥の言葉に、理事長はニィと笑い、「私は何も聴《き》きませんでしたな」ととぼける。

もう既《すで》に絶望《ぜつぼう》しきった瞳をする枯野に、紗鳥は、本来の性格《せいかく》を存分《ぞんぶん》に表に出し、サディスティックな笑みを浮かべた。

「さあて、私を権力《けんりょく》には弱い女だと見くびったのには腹《はら》が立つが」

「ひっ」

「まあ、それは許《ゆる》してやるとしよう。意図してのことだ」

「…………」

「しかし……これなら私が介入《かいにゅう》する必要も無かったようだな。友人に頼《たの》まれたから、ここまで来たが……」

「友人……だと？」

「ああ、神様と友達なんだ」

紗鳥は、冗談とも本気ともとれる表情でそんなことを言い、「さて」と枯野を睨《にら》みつける。

「とはいえ、高校生は高校生。やはり詰《つ》めは甘かったな。危《あや》うく、お前みたいな馬鹿者の暴走《ぼうそう》で全部ぶち壊《こわ》されるところだった。うちの副会長は優秀《ゆうしゅう》だが、もうちょっと、世の中には『どうしようもなく愚《おろ》かな人間』も居《い》ることを知っておくべきだったな。まあ……この暖《あたた》かい学園にいたんじゃ、そりゃ無理か」

「く……貴様っ！」

「貴様？　おいおい、誰《だれ》に向かって口をきいているんだ、枯野よ」

「え？」

怯《おび》える枯野に、紗鳥は完全に本来の自分を曝け出し、責《せ》め立てる。

「お前は最早《もはや》、企業《きぎよう》の中でも最低ランクの扱い……平社員でさえない、『楽園』行きが決定してるんだぞ。いまや企業と学園のパイプ役という重要な役目に納《おさ》まった私に対し、なんて口をきいてるんだ、ああ？」

紗鳥のそのあまりの変貌《へんぼう》ぶりに、理事長は背後で「思っていたよりドSでしたね」と、これまた無表情で笑っている。

枯野はしかし、最早、そんなことも気にしていられず……がっくりと、膝《ひざ》をついていた。

「楽……園」

それは、枯野にとって、最悪の宣告《せんこく》だった。企業では……特にこのプロジェクトにおいては、情報《じょうほう》の漏洩《ろうえい》が最大の禁忌《きんき》とされている。だから、もし、内情を知りつつも、「もう使えない」人間が発生した場合、彼らは楽園と呼《よ》ばれる僻地《へきち》に飛ばされ、そこで仕事とも言えない作業を毎日、淡々《たんたん》とさせられる。

一応《いちおう》人として最低限《さいていげん》の生活は保障《ほしょう》され、生活もなにもかもが満たされるが……しかし、それは、事実上の軟禁《なんきん》。許可《きょか》が出るその日まで、その何もかもが保障された「停滞《ていたい》した楽園」から、出ることは適《かな》わない。

つまり。

もう。

「おしまいだ、枯野恭一郎。お前を始め、スタッフ達……『碧陽学園に逆恨《さかうら》みや悪意を向けかねない者達』は全員、もう何も出来ない。チェックメイトだ」

「あ、あ、あ……」

呟《つぶや》き続ける枯野を見下し……そして、次にステージ上でなぜかもみくちゃにされて怒《おこ》られている杉崎達を見やり、紗鳥は、柔《やわ》らかく微笑《ほほえ》んだ。

「ま、子供《こども》の詰めの甘さをフォローするのも、大人の役目ってやつだしな。まったく。あー、疲《つか》れた。帰って、パン食って、寝《ね》よ寝よ」

その言葉を最後に、裏方《うらかた》たる大人達は、舞台《ぶたい》から姿《すがた》を消していった。

【真・エピローグ】

「………で？　これを入稿《にゅうこう》しろと？」

会長が、非常《ひじょう》に呆《あき》れた様子で、俺達《おれ》の書いた五巻原稿《かんげんこう》をぺらぺらと振《ふ》っていた。

執筆《しっぴつ》をした当人達である……俺と真儀瑠《まぎる》先生は、二人で、『当然！』とハモる。

「俺、めっちゃかっこよく書けてるでしょ！　伏線《ふくせん》も、見事に消化したでしょ！」

「私なんか、滅茶苦茶《めちゃくちゃ》いい大人じゃないか！　カッコイイ大人の代表格《だいひょうかく》だろう！」

二人で自分の渾身《こんしん》の原稿を自慢《じまん》しあう。

しかし会長は……いや、会長だけではなく、生徒会役員全員が嘆息《たんそく》していたが……会長が代表して、全力で否定《ひてい》する！

「こんなあからさまな創作《そうさく》、載《の》せられるわけないでしょ――――――――！」

『ええー！』

俺と真儀瑠先生は、不満で頬《ほお》を膨《ふく》らます。

深夏《みなつ》が、「当然だぜ……」と呆れた様子で俺達を見ていた。

「メタな要素《ようそ》を上手《うま》く使って、壮大《そうだい》な、碧陽《へきよう》学園を舞台にした陰謀《いんぼう》との戦いを熱く描《えが》くって言うから、これまでプロローグとエピローグを許《ゆる》してきてやったっつうのに……」

「うまくまとめたじゃないか」

「執筆者たるてめぇと真儀瑠先生だけが大活躍《だいかつやく》の、自分に都合がいいだけの話だったじゃねえかよ！」

深夏は非常《ひじょう》にご立腹《りっぷく》だった。

真儀瑠先生が、「仕方ないなぁ」と折れる。

「最後のシーンで、椎名《しいな》（姉）が枯野《かれの》を月までぶっ飛ばすシーンを追加してやろう」

「いらねーよ！　そういう問題じゃなくてだなぁ！」

「じゃあ俺も、深夏が俺をかばって枯野の凶弾《きょうだん》に倒《たお》れるシーンを追加しておこう」

「だから、いらねーって！」

深夏がぎゃあぎゃあと五月蠅《うるさ》い。

更《さら》には、真冬《まふゆ》ちゃんまで文句《もんく》を言ってきた。

「酷《ひど》いです、先輩《せんぱい》！　最初の約束では、ゲーム要素も盛《も》り込《こ》むはずでしたっ！」

「世界とか関《かか》わってきたし、ほら、ゲーム的と言えばゲーム的じゃん」

「全然駄目《だめ》です！　真冬は、もっと、分かりやすくゲーム要素欲《ほ》しかったです！　《企業《きぎょう》》から迫《せま》り来る敵《てき》を倒すごとに、先輩がパワーアップするとかっ！」

「ううん……仕方ないなぁ。じゃあ、枯野を倒すと風の精霊《せいれい》が現《あらわ》れて、俺に風の魔《ま》法《ほう》を授《さず》けてくれるという描写《びょうしゃ》も入れておこう」

「うむ、私も、理事長から《いあいぎり》を伝授《でんじゅ》されるイベントを追加しておこう」

「あんたら、いい加減《かげん》にしなさ――――――い！」

皆《みな》でわいわいやっていたら、会長に怒鳴《どな》られてしまった。俺と真儀瑠先生は、しゅんと縮《ちぢ》こまる。

会長は……今まで見たことないほど、激怒《げきど》していた。

「結局、なんなのよこれ！　学園の流行が世界に波及《はきゅう》するって！」

「だって、怪談《かいだん》ブームの時とかは……」

「そりゃ、若者《わかもの》の間で流行したものが、ちょっと遅《おく》れてテレビで取り上げられて流行することなんて、よくあることでしょっ！　むしろ、流行ってそういうものでしょう！」

「私も、活躍したかったし。世界の危機《きき》救う教師《きょうし》、カッコイイ」

「真儀瑠先生も！　なんでエピローグだけ、先生の書き下ろしなんですかっ！」

「そりゃお前、いいとこ全部持っていきたいだろうが、普通《ふつう》、人として」

「それでも教師ですかっ！　とにかく、杉崎《すぎさき》のも先生のも、全部却下《きやつか》！」

『ええー』

「いくらごねても駄目なものは駄目！　なにより、私の活躍が無いのが一番駄目！」

『結局それかっ！』

会長は、俺達の原稿をびりびりと破《やぶ》いて散らす。……ワードのデータをプリントアウトしただけだから、あれ破かれても実は問題ないのだが……言わないでおこう。

「私はやはり活躍したい！　活躍したいんだ、教師として！」

真儀瑠先生が、まだごねている。会長と椎名姉妹を巻《ま》き込んであーだこーだと議論《ぎろん》が白熱している中、とんとんと、いつの間にか俺の傍《かたわ》らに来ていた知弦《ちづる》さんが、俺の肩《かた》を叩《たた》いた。そうして、顔をすぐそばまで寄《よ》せてきて、小声で話しかけてくる。

「(で、実際《じつさい》のところはどうなのよ、キー君)」

「(な、なにがでしょうか)」

顔が近いこともあって、俺は、ドギマギしながら返す。知弦さんは、ふっと俺の耳に息を吹《ふ》きかけてから、俺がぶるぶるっと身を震《ふる》わせたのを確認《かくにん》すると、更に顔を接近《せつきん》させて、攻《せ》めてきた。

「(深夜の体育館に全校生徒集めたりしたのは事実じゃない)」

「(あ、あれは、その……)」

「(結局あれは演劇《えんげき》の練習かつ五巻用の行動だって話だったけど。キー君の前に居《い》た……枯野役？　って説明された人の表情《ひょうじょう》。あれ、演技《えんぎ》のレベルじゃなかったわよね)」

「(……気のせいですよ。本当に、この学園のあれこれが世界に影響《えいきょう》するとでも？)」

「(さあね。だから訊《き》いているの。どこまでが、本当なのかって。例えば実際《じっさい》は、もう少しだけ小規模《しょうきぼ》で、でも科学に裏打《うらう》ちされた陰謀《いんぼう》だったり……するんじゃないかしら？)」

「(……全部本当ですよ。えへん。俺、カッコイイでしょう？)」

「(あらあら。またそうやって……。……まあいいわ。あれが事実にせよなんにせよ、今が平和で幸福なのは……変わりないのだから)」

知弦さんはそう言うと、俺から離《はな》れ、自分の席に戻《もど》って行く。……思えば、知弦さんは最初からこういうスタンスだった。結果的に皆が幸福なら、それ以上、何も望むものはないという。

……俺だって、そうだ。

対面に着席した知弦さんに向かって、俺は、ニッコリと微笑《ほほえ》む。

「何が真実か、なんて、一人一人が決めればいいんですよ」

「？　キー君？」

「自分にとって幸福になれるものだけを信じて生きることは、悪いことじゃないと思います。妄想《もうそう》でも、現実逃避《げんじつとうひ》でもなんでも、幸福なもん勝ちの世の中なんですよ、結局」

そう言って、まだもめている会長達を、見やる。

「私は、教師として、断固《だんこ》、私の活躍《かつやく》の場を譲《ゆず》らないぞ！　っていうか、これが真実！」

「そ、そんなこと言うんだったら、私だって、杉崎が本当に困《こま》っているっていうから、眠《ねむ》いのをガマンして深夜に生徒を集めるために奔走《ほんそう》したんだから、あのエピソードをちゃーんと描《えが》いてもらうよ！」

「あ、ズルイです会長さん！　それなら真冬だって、十二時きっかりからの大作ＲＰＧ販《はん》売《ばい》を諦《あきら》めて先輩《せんぱい》のために生徒集め奔走したの、書いて欲《ほ》しいです！」

「んなこと言ったら、あたしだって、電話じゃ連絡《れんらく》つかなかった生徒を直接叩《ちょくせつたた》き起こして連れてきたりしたあの苦労、描いてもらうぜ！……ど、道中、謎《なぞ》の化物とかとも戦ったし！」

「あ、深夏付け足した！　じゃあ私だってねぇ！」

なんだか、真実と虚構《きょこう》が入り混《ま》じりまくった創作物《そうさくぶつ》を勝手に作りあげていっている役員たちを見守り、俺と知弦さんは、くすっと苦笑《くしょう》する。

「そうね、キー君。真実なんて……自分の都合のいいように捉《とら》えておくのが、一番、幸福なのかもしれないわね」

「そうですそうです。俺だって、皆《みんな》が俺を大好きなんだと前提《ぜんてい》しているから、今、こうして毎日楽しく生きていられるわけです」

「……現実って、残酷《ざんこく》よね、キー君」

「どういう意味ですかっ！」

酷《ひど》い真実を一瞬《いっしゅん》見せられた気がするが、そこはスルーしておくことにする。人間は、そうやって生きていくんだっ！

知弦さんは、俺を眺《なが》めて、ふふっと微笑んでいた。

「…………私は、ちゃんと信じてるわよ。キー君の、碧陽学園を守るための、ここ半年の頑張《がんば》り」

「え？　なんですか、知弦さん？」

「ううん、なんでもないわ。さて、ほら、キー君！　ぼんやりしていたら、五巻から私達の活躍が無くなってしまうわよ」

「ああっ！　ちょ、先生、会長、深夏、真冬ちゃん！　何勝手に小説の内容《ないよう》いじっているんですかっ！　この物語は、俺、杉崎鍵《けん》の活躍を淡々《たんたん》と描くものなんですからねっ！　過《か》度《ど》な期待にも応《こた》える勢《いきお》いのシリーズなんですからねっ！」

「杉崎の活躍なんて知らないよっ！　会長の私のシーンこそ、増《ふ》やすべきっ！」

「会長は、表紙で目立ちまくりだからいいでしょう！」

「うう、主人公の座《ざ》は譲《ゆず》らないよー！」

「俺が主人公ですー！」


こうして、俺達は、いつものように下らない会話だらけの日常《にちじょう》へと回帰していく。

＊

碧陽学園生徒会。

そこでは、つまらない――

だけど、最高にハッピーな人間達が、毎日、楽しい会話を繰《く》り広げている。

私立碧陽学園生徒会

Hekiyoh School student council

あとがき

どうも、例の如《ごと》く葵《あおい》せきなです。毎回葵せきなです。たまには他の人にも出てきて欲《ほ》しいものですね。

とにもかくにも、生徒会の一存シリーズも本編は五巻目。番外編合わせて六冊となりました。前作のマテリアルゴーストが六冊だったので、個人的にちょっとした節目《ふしめ》です。既《すで》に読まれた方はご存知《ぞんじ》の通り、この巻で本編が一段落しております。未読者さんにネタバレっぽいですが、まあ既に告知とかで「第一部クライマックス！」みたいなこと言っているので、大丈夫《だいじょうぶ》でしょう。

ただ、これが最終巻ではないです。まだもうちょっとだけ続くのです。「生徒会の一存Z《ゼット》」にはなりませんが、続くのです。

というわけで、ここから、予告です。さすがにここら数行は、未読者さんは飛ばした方がいいかもです。別に、五巻の内容のネタバレはしませんが。一行あけておきます。……読者さんへの優《やさ》しい配慮《はいりょ》であって、決して、行数稼《かせ》ぎではございません。ええ。

さて、六巻以降。ある意味本題である「卒業編」が開始です。一巻から五巻が、大体五月から十月ぐらいの物語ですから。それを考えると、「卒業編」がどうなるのかは、大体想像出来るかと。

まあ、本編は相変わらず阿呆《あほう》な会議模様です。言っちゃえば、今までのプロログとエピローグにあたる部分の内容が変わるということですので。ちなみに、ちゃんと先に「企業編」が語られたことにも意味がありますので、その辺はご安心を。

予告終了。五巻未読者さん、戻ってきていいですよー。

さて、その他の生徒会の活動まとめと致《いた》しましては。

アニメ版は、鋭意《えいい》制作中です。先月のドラマガ等で情報が若干《じゃっかん》明かされていますが、また、本格的に告知出来るようなったら、ここでもちゃんと取り扱《あつか》いたいと思います。

そして、10mo《トモ》さんの描く漫画《まんが》版ですが。遂《つい》にコミック化です！　第一巻、五月九日発売でございます。連載《れんさい》を読んでいた方も、まだ読んだことない方も、原作とはひと味違う漫画版生徒会を、よろしくお願い致します。というか、実は私が一番楽しみ。

そしてそして、なんと、「コンプティーク」にて、水島空彦《みずしまそらひこ》さんの描く、漫画版「生徒会の一存」が連載開始です！　こちらは、漫画オリジナルの話が多めになる予定です。要チェックですよ。……というか、これはこれで、読者さんへの告知と見せかけて、私が一番楽しみにしているだけだったり。

近々の主立った動きは、そんなところでしょうか。毎回、生徒会の一存シリーズは告知することが多いなぁ。あとがきを埋《う》められて大助かり——なんてことは絶対思ってない、仕事に真摯《しんし》な作家、葵せきなが本日もお送りしております。

じゃあ、残りは私のどーでもいい近況でも。

相変わらず、ゲームをバリバリやっております。というのも、最近は家庭用ゲーム機でも、ネットを介して気軽に知人友人と遊べるものが多くなってきまして。これが、かなり面白いです。ネットゲームと言っても、RPGとかではなくて。FPS（イメージは雪合戦）やら、対戦格闘《かくとう》やら、そんなものです。なので、何十時間もプレイということではなく、気分転換《てんかん》でやれるのが、いいです。

作家仲間さんと、たまにネットを介《かい》して喋《しゃべ》りながらわいわいゲームしていると、ゲームはゲームなんですけど、どこか健全な……小学校の頃に友達と集まって外で遊んだのと、そう変わらない満足感みたいなのがあります。

実際、これを通して知り合い、喋るようになった人も多数。

ネットやゲームはなにかと悪く冷たいイメージで語られがちですが、案外、人を繋《つな》ぐ温《あたた》かい場でもあるんだなぁと再認識させられました。例えば私の実家は北海道（現在神奈川在住）で、おいそれと帰省出来ないですが。北海道にいる弟なんかとも、ネットを介して喋りながらゲームを遊べるわけですからね。

環境こそどんどん高性能になってますが、やってることは、自宅で弟と対戦したり、友達の家に集まって単純なゲームに一喜一憂《いっきいちゆう》した幼き日と、大して変わらないです。最新ゲームやっているのに、妙に懐《なつ》かしい気分になることが多い、今日この頃。

いや、まあ、出来れば外出て遊んだ方がいいですけどね、運動になるんで（笑）。

なんかゲーム賛美《さんび》みたいになっちゃいましたが。勿論《もちろん》、健康的に付き合ってこそですよ。なんでもそうなんですけど。映画でも、本でも、スポーツでさえ。

……私の言う作家仲間さんとの対戦プレイが、実は割《わり》と深夜遅くまで及《およ》びがちなのは、この綺麗《きれい》な纏《まと》めには余計な情報なので、言いません。言わないでおきます。

さ、さあ、気を取り直して、謝辞《しゃじ》でも。

まず、今回は遂に男性主人公表紙を描いて貰《もら》ってしまった狗神煌《いぬがみきら》さん。拒否《きょひ》られても仕方ないなと思っていたのですが……。あがってきたラフを見て、深夜一人「すげぇ！」と叫んでしまいました。可愛い女の子だけならず、カッコイイ男子まで網羅しておるとは……。杉崎の人気は、確実に狗神煌さんのイラストによるところが大きいです。いつも、ありがとうございます。

そして、担当さん。いつもありがとうございます。なんかレギオスの雨木先生から私が略奪したカタチになっている、担当さん。いつもありがとうございます。生徒会はメディアミックスが多く、本当に連絡事項とか多いので。大変そうだなぁと、いつも思っております。体に気をつけつつ、これからもよろしくお願い致します。

最後にここまで読んで下さった読者様。ありがとうございます。引き続き、次巻「生徒会の六花」(七月発売)から始まる第二部にもお付き合い頂けると、幸いです。

それではまた、是非次巻でお会い致しましょう。

葵　せきな

富士見ファンタジア文庫

生徒会《せいとかい》の五彩《ごさい》

碧陽学園生徒会議事録5

平成21年4月25日　初版発行
平成21年9月20日　五版発行

著者——葵《あおい》せきな

発行者——山下直久

発行所——富士見書房
〒102-8144
東京都千代田区富士見1-12-14
http://www.fujimishobo.co.jp
電話　営業　03(3238)8702
　　　編集　03(3238)8585

印刷所——暁印刷
製本所——BBC

ISBN978-4-8291-3390-3 C0193